U0083603

中國語言文字研究輯刊

十四編

許錟輝 主編

第2冊

《說文》禮樂器物形制考釋（下）

莊斐喬 著

花木蘭文化事業有限公司

國家圖書館出版品預行編目資料

《説文》禮樂器物形制考釋(下)／莊斐喬 著 -- 初版 -- 新北市：

花木蘭文化事業有限公司，2018〔民 107〕

目 2+148 面；21×29.7 公分

(中國語言文字研究輯刊 十四編；第 2 冊)

ISBN 978-986-485-264-2（精裝）

1. 説文解字 2. 研究考訂

802.08   107001288

ISBN-978-986-485-264-2

9 789864 852642

中國語言文字研究輯刊

十四編　　第二冊　　　　　ISBN：978-986-485-264-2

《說文》禮樂器物形制考釋（下）

作　　者　莊斐喬
主　　編　許錟輝
總 編 輯　杜潔祥
副總編輯　楊嘉樂
編　　輯　許郁翎、王　筑　美術編輯　陳逸婷
出　　版　花木蘭文化事業有限公司
發 行 人　高小娟
聯絡地址　235 新北市中和區中安街七二號十三樓
　　　　　電話：02-2923-1455／傳眞：02-2923-1452
網　　址　http://www.huamulan.tw 信箱 hml810518@gmail.com
印　　刷　普羅文化出版廣告事業
初　　版　2018 年 3 月
全書字數　180027 字
定　　價　十四編 14 冊（精裝）台幣 42,000 元
版權所有·請勿翻印

《說文》禮樂器物形制考釋(下)

莊斐喬　著

目次

上 冊

凡 例

第壹章　緒論 ……………………………………………… 1

第一節　研究動機與目的 ……………………………… 1

第二節　研究範圍 ……………………………………… 2

一、《說文解字》禮樂器訓詁 ……………………… 3

二、地下文獻 …………………………………………… 4

三、地下文物 …………………………………………… 5

第三節　文獻檢討 ……………………………………… 5

一、相關題材之研究文獻 ……………………………… 5

二、相關方法之研究文獻 ……………………………… 9

第四節　研究方法 ……………………………………… 11

一、二重證據法簡介 ………………………………… 11

二、二重證據法的運用 ……………………………… 13

第貳章　《說文》飲食禮器考釋 ………………… 17

第一節　酒器 …………………………………………… 18

一、盛酒器 ……………………………………………… 18

二、調酒器 ……………………………………………… 34

三、飲酒器 ……………………………………………… 38

第二節　水器 …………………………………………… 57

第三節　食器 …………………………………………… 72

一、盛食器 ……………………………………………… 73

二、蒸飯器 ……………………………………………… 86

第四節　小結 …………………………………………… 101

第參章　《說文》玉器考釋⋯⋯⋯⋯⋯⋯⋯⋯⋯⋯⋯⋯ 115
　第一節　六器類玉器 ⋯⋯⋯⋯⋯⋯⋯⋯⋯⋯⋯⋯⋯⋯ 116
　第二節　其它類玉器 ⋯⋯⋯⋯⋯⋯⋯⋯⋯⋯⋯⋯⋯⋯ 130
　第三節　小結 ⋯⋯⋯⋯⋯⋯⋯⋯⋯⋯⋯⋯⋯⋯⋯⋯⋯ 137

下　冊

第肆章　《說文》樂器考釋⋯⋯⋯⋯⋯⋯⋯⋯⋯⋯⋯⋯ 145
　第一節　打擊樂器 ⋯⋯⋯⋯⋯⋯⋯⋯⋯⋯⋯⋯⋯⋯⋯ 146
　　一、金類樂器 ⋯⋯⋯⋯⋯⋯⋯⋯⋯⋯⋯⋯⋯⋯⋯⋯ 146
　　二、革類樂器 ⋯⋯⋯⋯⋯⋯⋯⋯⋯⋯⋯⋯⋯⋯⋯⋯ 171
　　三、木類樂器 ⋯⋯⋯⋯⋯⋯⋯⋯⋯⋯⋯⋯⋯⋯⋯⋯ 183
　　四、石類樂器 ⋯⋯⋯⋯⋯⋯⋯⋯⋯⋯⋯⋯⋯⋯⋯⋯ 188
　第二節　弦樂器 ⋯⋯⋯⋯⋯⋯⋯⋯⋯⋯⋯⋯⋯⋯⋯⋯ 191
　第三節　管樂器 ⋯⋯⋯⋯⋯⋯⋯⋯⋯⋯⋯⋯⋯⋯⋯⋯ 202
　　一、竹類樂器 ⋯⋯⋯⋯⋯⋯⋯⋯⋯⋯⋯⋯⋯⋯⋯⋯ 202
　　二、土類樂器 ⋯⋯⋯⋯⋯⋯⋯⋯⋯⋯⋯⋯⋯⋯⋯⋯ 216
　　三、匏類樂器 ⋯⋯⋯⋯⋯⋯⋯⋯⋯⋯⋯⋯⋯⋯⋯⋯ 218
　第四節　小結 ⋯⋯⋯⋯⋯⋯⋯⋯⋯⋯⋯⋯⋯⋯⋯⋯⋯ 223
第伍章　二重證據法在《說文》禮樂器研究運用的
　　　　價值 ⋯⋯⋯⋯⋯⋯⋯⋯⋯⋯⋯⋯⋯⋯⋯⋯⋯ 227
　第一節　在《說文》禮樂器文字方面的價值 ⋯⋯⋯⋯ 227
　　一、考《說文》禮樂器字體之有據 ⋯⋯⋯⋯⋯⋯⋯ 228
　　二、補《說文》禮樂器文字之失收 ⋯⋯⋯⋯⋯⋯⋯ 234
　　三、正《說文》禮樂器形構之譌誤 ⋯⋯⋯⋯⋯⋯⋯ 238
　　四、辨《說文》禮樂器字形之演變 ⋯⋯⋯⋯⋯⋯⋯ 243
　第二節　在《說文》禮樂器訓詁方面的價值 ⋯⋯⋯⋯ 250
　　一、證《說文》禮樂器訓詁之可信 ⋯⋯⋯⋯⋯⋯⋯ 251
　　二、訂《說文》禮樂器說解之疏失 ⋯⋯⋯⋯⋯⋯⋯ 253
　　三、明《說文》禮樂器形制之欠詳 ⋯⋯⋯⋯⋯⋯⋯ 255
　　四、闡《說文》禮樂器文化之意涵 ⋯⋯⋯⋯⋯⋯⋯ 261
　第三節　小結 ⋯⋯⋯⋯⋯⋯⋯⋯⋯⋯⋯⋯⋯⋯⋯⋯⋯ 267
第陸章　結論 ⋯⋯⋯⋯⋯⋯⋯⋯⋯⋯⋯⋯⋯⋯⋯⋯⋯ 269
參考書目 ⋯⋯⋯⋯⋯⋯⋯⋯⋯⋯⋯⋯⋯⋯⋯⋯⋯⋯⋯ 275
附圖目錄 ⋯⋯⋯⋯⋯⋯⋯⋯⋯⋯⋯⋯⋯⋯⋯⋯⋯⋯⋯ 285

第肆章　《說文》樂器考釋

　　《說文》中與音樂相關的字為數不少，本論文只列舉有「出土實物」及與「古文字」相關之字。古代樂器傳統分類是按照製作材料劃分為「八音」，即金、石、絲、竹、匏、土、革、木八類。古籍中對「八音」的記載屢見不鮮，如《周禮・春官宗伯下》：「以六律、六同、五聲、八音、六舞大合樂」〔註1〕、「凡六樂者文之以五聲，播之以八音」〔註2〕，《周禮・春官・樂師篇》更點出八音之類：「大師掌六律六同……皆播之以八音：金石土革絲木匏竹。」〔註3〕《白虎通德論・禮樂》更指出：「八音者，何謂也？〈樂記〉曰：『土曰塤，竹曰管，皮曰鼓，匏曰笙，絲曰弦，石曰磬，金曰鐘，木曰柷敔。』此謂八音也。法《易》八卦也，萬物之數也；八音，萬物之聲也。所以用八音何？天子承繼萬物，當知其數。既得其數，當知其聲，即思其形。如此蜎飛蠕動，無不樂其音者，至德之道也。天子樂之，故樂用八音。」〔註4〕既能包含所有樂器的材質，又符合古人喜愛八卦之數，並和方位、季節等相關，頗能表現中國古代文人的思維。本章擬依照現今通行的分類：打擊樂器、管樂

〔註1〕漢・鄭玄注，唐・賈公彥疏，《周禮注疏》，頁679。

〔註2〕漢・鄭玄注，唐・賈公彥疏，《周禮注疏》，頁686。

〔註3〕漢・鄭玄注，唐・賈公彥疏，《周禮注疏》，頁714。

〔註4〕漢・班固，《白虎通》（《四部叢刊》本）（台北：商務印書館，民國68年），卷二・十三。

器及弦樂器三大類統攝八音，進行考釋《說文》中樂器相關之字例。

第一節　打擊樂器

一、金類樂器

　　古代的金，泛指所有的金屬，中國最早發現的銅製品，是陝西臨潼姜寨仰韶文化遺址中出土的黃銅片，約為公元前四千年。進入青銅時代大約是在公元前兩千年左右，歷經夏、商、周和春秋戰國時代，前後長達十五世紀，在商代時進入青銅工藝的巔峰期，青銅樂器的出現，是商代音樂考古的重要特徵。先秦時期的金類樂器一般指的是銅製打擊樂器。《說文》金部共收了八個表示銅製樂器的字，為鐘、鏞、鎛、鉦、錞、鐃、鈴、鐸。其中，鈴、鐸屬於搖響器，置於本節末段其它部分。

（一）鐘

金文	金文	金文	金文
（字形）	（字形）	（字形）	（字形）
邾公牼鐘	秦公鎛	多友鼎	兮仲鐘

包山楚簡	睡虎地秦簡	或體	小篆
（字形）	（字形）	（字形）	（字形）
170		頁 716	頁 716

　　《說文》段注：「鐘，樂鐘也。當作金樂也。秋分之音，萬物種成，故謂之鐘。『萬，故謂之鐘』五字，今補。猶鼓者『春分之音，萬物郭皮甲而出，故謂之鼓』；笙者『正月之音，物生，故謂之笙』；管者『十二月之音，物開地牙，故謂之管』也。鐘與種疊韵。从金。童聲。職茸切，九部。經傳多作『鍾』，段借酒器字。古者垂作鐘。蓋出《世本·作篇》。鏞，鐘或从甬。鐘柄曰甬，故取以成字。甬亦聲。」（頁 716）

1、字形說明

段注:「經傳多作鍾,叚借酒器字。」鍾,《說文》:「酒器也。」（頁 710）鐘字金文鍾作 ![金文] [註5]（邾公牼鐘,鐘字重見）,鐘、鍾形近音同,古字往往通用。徐灝曰:「許以鍾爲酒器,鐘爲樂器,判然如二,但此二字古相通用,故戴侗合而一之。」[註6] 甲骨文中未見有相當於鍾、鐘之字,金文鐘作 ![金文]（秦公鎛）,![金文]（多友鼎）![金文]、![金文]、![金文]（兮仲鐘）,金字有在左邊,也有在右邊,在字形尚未確定之時,部件上下左右位移屬於正常現象。至包山楚簡 ![楚簡]（170）及睡虎地秦簡 ![秦簡]（秦 125）的字形較爲規律,與小篆 ![小篆]（頁 716）接近,與今日文字也相當類似。

2、器物形制

鐘主要有兩種功能,一是軍事宣告,另一是宴會演奏。《左傳・莊公二十九年》:「凡師有鐘鼓曰伐,無曰侵,輕曰襲。」[註7]《國語・吳語》中提到:「昧明,王乃秉枹,親就鳴鐘鼓、丁寧、錞于振鐸,勇怯盡應,三軍皆譁釦以振旅,其聲動天地。」[註8] 從古史文獻中可看出,鐘鼓用於軍事,鼓聲短促有力,激勵士兵前進。鐘聲則宏亮及遠,是通知部伍撤退的信號。具有對大眾宣告的效果,可用於軍事或樂奏,故受貴族重視而多加鑄造。

此種中、大型鐘首見於商代手持或立於架上無舌的鉦與鐃。後發展成多個音程不一的鐘成組,並改良成鐘口朝下,懸於一架上的懸鐘,一人敲擊多件[註9]。鐘是東周時代樂器的重要成員,因鑄造費昂,搬動不便,屬貴族樂器。鐘爲一種打擊樂器,在周代禮制中的地位頗爲重要,典籍中記載鐘的使用頗多,如:《周禮・春官宗伯》中提到「鐘師:掌金奏。凡樂事,以鐘鼓奏九夏:〈王夏〉、〈肆夏〉、〈昭夏〉、〈納夏〉、〈章夏〉、〈齊夏〉、〈族夏〉、〈祴夏〉、〈驁夏〉。凡祭祀、饗食,奏燕樂。凡射:王,奏〈騶虞〉;諸侯,奏〈狸首〉;

[註5] 容庚,《金文編》,頁 912、915。

[註6] 清・徐灝,《說文解字注箋》,卷一四上・九。（續修四庫全書本）（上海:上海古籍出版社,2002 年）。

[註7] 晉・杜預注,唐・孔穎達等正義,《春秋左傳正義》（北京:北京大學出版社）,2000 年 12 月,頁 334。

[註8] 吳・韋昭注,《國語》（二）（台北:台灣商務印書館）,民國 45 年,頁 88～89。

[註9] 許進雄,《中國古代社會》（台北:臺灣商務印書館,1990 年）,頁 336～337。

卿大夫，奏〈采蘋〉；士，奏〈采蘩〉。掌鼙，鼓縵樂。」〔註10〕可見無論音階高低，鐘幾乎無所不奏，近乎今之樂器之王——鋼琴。

《周禮・冬官考工記》中將鐘的形制解釋得十分明白，各部位的名稱及其間的比例尺皆一一著錄：

> 鳧氏爲鐘。兩欒謂之銑，銑間謂之于，于上謂之鼓，鼓上謂之鉦，
> 鉦上謂之舞，舞上謂之甬，甬上謂之衡。鐘縣謂之旋，旋蟲謂之幹。
> 鐘帶謂之篆，篆間謂之枚，枚謂之景。于上之攠謂之遂。十分其銑，
> 去二以爲鉦，以其鉦爲之銑間，去二分以爲之鼓間。以其鼓間爲之
> 舞修，去二分以爲舞廣。以其鉦之長爲之甬長，以其甬長爲之圍。
> 參分其圍，去一以爲衡圍。參分其甬長，二在上，一在下，以設其
> 旋。薄厚之所震動，清濁之所由出，侈弇之所由興，有說。鐘已厚
> 則石，已薄則播，侈則柞，弇則鬱，長甬則震。是故大鐘十分其鼓
> 間，以其一爲之厚；小鐘十分其鉦間，以其一爲之厚。鐘大而短，
> 則其聲疾而短聞；鐘小而長，則其聲舒而遠聞。爲遂，六分其厚，
> 以其一爲之深而圓之。〔註11〕

部位繁多，可參閱圖 4-1.4。《考工記》說明鑄鐘要點：太厚則聲不發，太薄則聲散。口太張大則聲迫，內弇則不舒揚。甬長而聲震不正。體大而短則聲疾而短聞，小而長則聲舒而遠聞。是古代樂器學的經驗記錄，十分可信。

鐘的材質除了銅之外，還有以陶爲材料的器物出土，考古發現有陝西長安縣斗門鎮龍山文化遺址出土者，唯僅此一例（見圖 4-1.1），造型已經靠近商代出土的青銅器鐃，所以又稱爲陶鐃。可推測爲銅鐘的前身，與鐘有一脈相承的關係〔註12〕。鐘這種樂器從鐃演化而來，西周初年開始出現，流行於西周和東周〔註13〕。鐘一般是成套使用，稱爲「編鐘」，如西周晚期的仲義鐘是八個一組，目前出土鐘數最多的是曾侯乙墓編鐘（如圖 4-1.2），共六十五枚，其中有甬鐘、鈕鍾、鎛鐘三種，分上、中、下三層八組懸掛於架上，并然有序〔註14〕。與今

〔註10〕漢・鄭玄注，唐・賈公彥疏，《周禮注疏》，頁 734。

〔註11〕漢・鄭玄注，唐・賈公彥疏，《周禮注疏》，頁 1291。

〔註12〕王子初，《中國音樂考古學》（福州：福建教育出版社，2003 年），頁 78。

〔註13〕王貴元，《漢字與歷史文化》（北京：中國人民大學出版社），2008 年，頁 80～81。

〔註14〕王子初，《中國音樂考古學》，頁 193～194。

日的鐘不同的是，當時的鐘可發出三度音程的兩個樂音，體現兩個不同基頻，大量有關曾侯乙墓編鐘的研究表明，當時樂師和工匠在音樂聲學和樂器製造方面已掌握了大量的科學知識和高度的工藝技能，「一鐘兩音」構想的實施與應用，不是偶然現象，而是古代樂師的科學發明，也是其最顯赫的科學成就。這一現象，音樂學家在考察西周鐘時，已有所發現，但惟有曾侯乙墓編鐘的出土，其明確無誤的標音銘文，才能使人們得以確認〔註 15〕。中國的編鐘類樂器，自商代以來就採取鐘體呈合瓦片的形制，可以造成一鐘二音的獨特效果，但隨著大規模的編鐘的出現，有著越來越多的「餘音混響」的缺陷，故從春秋晚期，鑄鐘逐漸走向衰弱，今日考古發現的編鑄，大量都是春秋晚期的遺物〔註 16〕。

　　商代被提及的樂器，以鼓、龠最多。鼓為節拍、龠為主調。至春秋，普遍製造懸掛的編鐘後，它不但也可演奏一序列音階，且音調穩定、聲音宏亮，宜於祭祀、慶典等大眾聚會之用，便取代管樂成為和眾聲的樂奏主調，故有和鐘之名。可由外敲擊，亦可於內懸舌撞擊〔註 17〕。

圖 4-1.1　陝西長安縣斗門鎮龍山文化陶鐘〔註 18〕

〔註15〕王子初，《中國音樂考古學》，頁 197，200～201。

〔註16〕王子初，《中國音樂考古學》，頁 574～575。

〔註17〕許進雄，《中國古代社會》，頁 338。

〔註18〕王子初，《中國音樂考古學》，2003 年，頁 79。

圖 4-1.2　曾侯乙墓出土的編鐘〔註19〕

圖 4-1.3　曾侯乙墓出土的編鐘的個體〔註20〕

圖 4-1.4　鐘示意圖〔註21〕

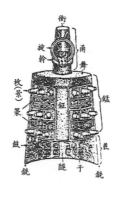

（二）鏞

小篆
鏞
頁 716

〔註19〕湖北省博物館編，《隨縣曾侯乙墓》，圖版一○。

〔註20〕劉道廣、許暘、卿尚東，《圖證考工記：新注‧新譯及其設計學意義》，頁 63。

〔註21〕丹青藝叢委員會編，《中國音樂詞典》（台北：丹青圖書有限公司，民國 75 年），
　　　頁 561。

《說文》段注：「鏞，大鐘謂之鏞。《爾雅》文。《大雅》、《商頌》毛傳皆同。惟《商頌》字作『庸』，古文叚借。《考工記》曰：『大鐘十分其鼓閒，以其一爲之厚。』从金。庸聲。余封切，九部。」（頁716）

1、字形說明

《古文字詁林》中沒有收錄鏞字的甲骨文、金文，《金文編》亦無、小篆作鏞。此字究竟是從哪個古文字演變而來，歷來的文字學者也有種種說法。甲骨文中有相當於金文「用」、「甬」、「庸」的字，甲骨學者認爲此三字形象頗像古鐘。

宋元之際戴侗、元代周伯琦以爲「用」、「庸」即爲樂器的「鏞」、「鐘」的象形字〔註22〕。戴侗《六書故》根據金文認爲「庚」象鐘類，並認爲「庸」是「鏞」的初文。庸爲从庚用聲的形聲字，《說文》誤以爲會意。清代徐灝注意及此，而予以發揮。徐氏之說以庚爲用字，並不允。然其謂用字本象鐘形、用爲古庸字、庸爲古鏞字、用庸之本義爲借義所奪諸說，則頗多發明〔註23〕。

曾永義在其《儀禮樂器考》中以一張圖（下圖一）解釋鐘之由來。此外，唐蘭於〈古樂器小記〉中亦有鐘之沿革圖（有△符號者爲樂器，其餘爲容量器）（下圖二）：

圖一〔註24〕

圖二〔註25〕

〔註22〕曾永義，《儀禮樂器考》（台北：中華書局，1986年），頁2。

〔註23〕李純一，《試釋用、庸、甬並試論鐘名之演變》，《考古》〔1964年06期〕，頁310。

〔註24〕曾永義，《儀禮樂器考》，頁4。

〔註25〕唐蘭，《唐蘭先生金文論集》（北京：紫禁城出版社，1995年），頁349。

在圖中，顯示唐蘭〈古樂器小記〉對於鐘之沿革圖與樂器相關係的部分說明較爲簡單，主要是從「甬」字演變爲「鐘」、「鍾」、「桶」三字；曾永義在《儀禮樂器考》參考宋元之際戴侗、元代周伯琦、清代徐灝、民國郭沫若、李孝定等人的說法，對於「甬」、「用」字的演變說明得更爲詳細，主要就是「用」、「甬」字在甲骨文時期象斷竹之形，由於空心所以作桶子容器之用，後轉作打擊樂器，本義逐漸消失。乃加金字旁、木字旁及竹字旁象其材質作「鋪」、「桶」、「箾」三字。「鋪」字《說文》段注云：「鋪，鐘或从甬。鐘柄曰甬。故取以成字。甬亦聲。」可見「甬」、「庸」、「鏞」、「鐘」等字之關係密切，而且可以肯定的是「鏞」字從「庸」來。唐蘭對用、甬二字作了新的考釋，主要有「用象盛器」、「甬之本義爲斷竹」、「鐘始以竹爲之」等論點〔註26〕。唐蘭與曾永義之說雖有詳略之別，但相同之處皆以「甬」爲「鐘」、「鍾」之初文。

其後，郭沫若對唐蘭之說加以補訂，其說甚詳，節錄於下：

鐘鐸之類大率起源於竹箾，或中空之木……。由竹木器直演而爲金屬器，中間並無必經之任何階段。古之鐘鐸類其器甚小，均有柄，執而擊之，此即由竹木器轉化之進一步而已。周人加大之，遂爲手所不能持，鐘乃倒懸矣〔註27〕。

後，李純一於〈試釋用、庸、甬並試論鐘名之演變〉中整理「用」字流變，其指出據目前所知，傳世商鐘甚多，但沒有自名的；周鐘雖有名爲鐘者，但並無自名爲庸、鋪、鏞的。李氏認爲如果鐘的本源於斷竹之用的說法可以成立的話，似可初步推斷殷鐘之初名爲用，後又改名從用之庸，或加金旁而成鋪〔註28〕。

馬敘倫：「大鐘謂之鏞，《爾雅・釋器》文。鏞、鐘聲同東類，其聲自鐘而演，語原然也。鏞、鎛蓋轉注字，故郭璞注《爾雅》合鏞鎛爲一。鏞音喻鈕四等，鎛鎛一字，鎛從專得聲。專音敷紐，敷與喻四同爲清摩擦音也。《詩》言庸則不及鎛，《禮》言鎛則不及鏞，亦可爲鏞鎛一物之證。此字或出《字林》。」

〔註26〕唐蘭，〈古樂器小記〉，《燕京學報》，14 期。

〔註27〕郭沫若，《兩周金文辭大系・考釋》〔北京：科學出版社，1957 年〕，頁 237。

〔註28〕李純一，《試釋用、庸、甬並試論鐘名之演變》，《考古》〔1964 年 06 期〕，頁 310 ～311。

〔註29〕其文對鏞、鐘之來源自有見地，但在聲韻上以中古音韻類說明上古的語音現象，以今律古，實可商榷。又曾永義在《儀禮樂器考》中認為郭璞之「鏞鎛為一」的看法是錯誤的，因為「笙鏞」為東懸之編鐘，不能名之為鎛，《爾雅》所以稱大鐘為鏞，可能襲殷人舊稱，因為殷人之鏞大多較周人之鐘為大〔註30〕。

2、器物形制

《說文》段注云：「鏞，大鐘謂之鏞。《爾雅》文。《大雅》、《商頌》毛傳皆同。惟《商頌》字作『庸』，古文叚借。《考工記》曰：『大鐘十分其鼓間，以其一為之厚。』」可知鏞為鐘類，體積較一般的鐘更大。

鏞的體制為合瓦形，平頂，微曲于，侈銑，內壁光平，口內周沿大多有屋脊形的唇緣。體有較長與較短之分〔註31〕。

圖 4-2.1　陽新劉榮山出土鏞〔註32〕

圖 4-2.2　陽新劉榮山出土鏞拓片〔註33〕

〔註29〕馬敘倫，《說文解字六書疏證》八冊（上海：新華書店，1985 年），頁 49。

〔註30〕曾永義，《儀禮樂器考》，頁 6。

〔註31〕李純一，《中國上古出土樂器綜論》（北京：文物出版社，1996 年 8 月），頁 124。

〔註32〕李純一，《中國上古出土樂器綜論》，頁 127。

〔註33〕李純一，《中國上古出土樂器綜論》，頁 128。

（三）鎛（鎛）

鎛字金文	鎛字金文	鎛字金文	鎛字小篆	鎛字小篆
齊鎛	鑞鎛戈	邾公孫班鎛	頁 716	頁 716

《説文》段注：「鎛，大鐘。淳于之屬。所吕應鐘磬也。大鐘下當有『也』字。鄭注《周禮》、《禮經》皆云『鎛似鐘而大』。《國語》韋注云：『鎛，小鐘也。』蓋誤。鄭云『似鐘』，則非鐘也。故許旣云『大鐘』，而又云『淳于之屬』，淳于《國語》、《周禮》注作『錞于』，《周禮》作『錞』，乃矛戟之鐏也。《鼓人》：『以金錞和鼓。』注曰：『錞，錞于也。圜如碓頭，大上小下，樂作鳴之，與鼓相和。』疏謂出於漢之大予樂官。韋注〈吳語〉曰：『唐尚書云：錞于，鐲。非也。錞于與鐲各異物。』今按，古鐘制隋圜，錞于如碓頭正圜。許云『淳于之屬』，蓋鎛正圜。大於編鐘，爲後代鐘式正圜之始。云『所以應鐘磬』者，《大射儀》：『笙磬西面，其南笙鐘，其南鎛。』『頌磬東面，其南頌鐘，其南鎛。』鐘磬編縣，鎛特縣，於此知鎛所以應鐘磬，淳于以和鼓。事正相類。**堵吕二，金樂則鼓鎛應之。**當作『堵無鎛，全樂則鼓鎛應之』。《周禮》曰：『凡縣鐘磬，半爲堵，全爲肆。』注曰：『鐘磬編縣之，二八十六枚而在一虡，謂之堵，鐘一堵，磬一堵，謂之肆。天子宮縣，諸侯軒縣，卿大夫判縣，士特縣。諸侯之卿大夫半天子之卿大夫。西縣鐘，東縣磬。士亦半天子之士，縣磬而已。』……**从金。薄聲。**匹各切，五部。《周禮》、《國語》字作『鎛』，乃是叚鎛鏄字。」（頁 716）

《説文》段注：「鏄，鎛鏄也。『也』衍。**鐘上橫木上金華也。**縣鐘者，直曰虡，橫曰簨。《攷工記》云：『鱗屬以爲簨。』〈明堂位〉云：『夏后氏之龍簨虡。』注云：『飾簨以鱗屬，又於龍上刻畫之爲重牙。』……鏄之意略同耳。鎛訓迫，故田器曰鎛。《周頌》之鎛，毛曰『鎒也』。鄭注《攷工記》曰：『田器。』正謂鎒迫地披艸而有此偁。《釋名》以爲鎛亦鉬類，『鎛，迫也』。今本《釋名》作鏄，

非。**从金，尃聲。**補各切，五部。**一曰，田器。《詩》曰：『庤乃錢鎛。』《周頌》文。**」（頁 716）

1、字形說明

《說文》釋鏄與釋鎛，二字本義不同，實則兩字可能為通假。在傳統文獻中，《儀禮·燕禮》：「遂獻左右正與內小臣。」〔註 34〕鄭玄注：「鏄人鼓人。」陸德明《釋文》曰：「本又作鎛，下同。」阮元校：「按諸本鏄、鎛雜出，後不悉校。」足見鏄、鎛經常通用。在金文〈邾公孫班鎛〉中：「為其龢鏄。」鎛也作鏄解。在清代吳大澂《說文古籀補》中也說：「鎛小篆作鏄」可知鏄、鎛在先秦的確常混用。

另一方面，從聲音來看，先有甫字，逐漸孳乳出尃字，再分化出鎛字與薄字，才有鏄字的出現。又鎛古音為幫紐鐸部〔註 35〕，鏄古音並同，故常通聲音的關係。

鏄字《金文編》只收錄一字，作 {字} 〔註 36〕（鎛字重見），小篆作 {字}。鏄亦作鎛，《經典釋文》作「鎛，本又作鏄。」〔註 37〕但它與先秦的鎛不同，是一種節奏樂器，《金文編》另收 {字} 〔註 38〕、 {字} 〔註 39〕及部件左右位移的 {字} 〔註 40〕。

2、器物形制

鏄，段玉裁注中討論古籍中對於鏄的大小之異說：

> 鄭注《周禮》、《禮經》皆云：「鏄似鐘而大。」《國語》韋注云：「鏄、小鐘也。」蓋誤。鄭云似鐘，則非鐘也。故許既云大鐘、而又云淳于之屬。淳于，《國語》、《周禮》注作錞于。《周禮》作錞、乃矛戟之鐏也。（頁 716）

〔註 34〕漢·鄭玄注，唐·賈公彥疏，《儀禮注疏》，頁 327。

〔註 35〕上古音以陳新雄《古音研究》為基準，見陳新雄，《古音研究》〔台北：五南圖書出版社，1999 年 4 月〕。

〔註 36〕容庚，《金文編》，頁 915。

〔註 37〕宗福邦、陳世鐃、蕭海波主編，《故訓匯纂》（北京：商務印書館，2003 年），頁 2390。

〔註 38〕容庚，《金文編》，頁 917。

〔註 39〕容庚，《金文編》，頁 917。

〔註 40〕容庚，《金文編》，頁 917。

鎛爲一種單獨懸掛的大鐘，用於應和或表現音樂的節奏。鄭注《周禮》認爲「鎛」如鐘而大，韋昭注《國語》則以「鎛」爲小鐘，二説背道而馳。唐蘭在《古樂器小記》中提到「自漢以降，鎛與鐘之異，久不能辨，郭璞已誤以鏞爲鎛。近人率多謂鐘有二種，一爲于口〔註41〕，一爲平口，蓋沿宋人之誤也。」〔註42〕又説「鎛之制異於鐘者，鐘上爲甬故側懸，鎛上爲紐故直懸，鐘口如盂，鎛口則似囊。」〔註43〕濟南無影山 11 號西漢墓所出樂舞雜技俑與東漢沂南畫像石中，均以二鎛懸於一堵。雖然外型似大型鈕鐘，但它既不是特鐘，也無法成爲編鐘，故仍應爲鎛。其發音低沉，除加強節奏外，並能烘托旋律〔註44〕。

　　以上三個金類樂器——鐘、鎛和鏞，十分相似，歷來學者也多作考證。鎛和鏞都是大鐘，《説文》：「鏞，大鐘謂之鏞。」「鎛，大鐘，淳于之屬，所以應鐘磬也。」鎛也作鏄，《段注》中説到「《周禮》、《國語》字作鏄，乃是叚鏄鱗字。」（頁 716）劉心源認爲𨰥鐘或釋鏞，以此字右旁童中明有甘，乃甘字。古刻庸字從甘從用不從用。見〈毛公鼎虢季子白磬〉，召伯敲有庸有成作𪛚此銘概從鐘從庸，合二字會意也〔註45〕。高田忠周認爲「《周語》，細鈞有鐘無鎛，大鈞有鎛無鐘，皆作本字。」〔註46〕

〔註41〕「于口」義爲微小的弧度，與平口相對。這件螭紐特鐘曾被容庚記錄於《商周彝器通考》下册，定名爲兩頭獸紋鐘，説它「直懸平口」，與側懸于口的編鐘，在形制上大有分別。」，附圖九七〇。

〔註42〕唐蘭，《唐蘭先生金文論集》，頁 367。

〔註43〕唐蘭，《唐蘭先生金文論集》，頁 366。

〔註44〕孫機，《漢代物質文化資料圖説》（增訂本）（上海：上海古籍出版社，2011 年 8 月），頁 433～434。

〔註45〕劉心源，郘啓墓鐘，《奇觚室吉金文存》卷九。

〔註46〕高田忠周，《古籀篇》十二。

圖 4-3.1　曾侯乙墓鎛，中國國家博物館藏〔註47〕

圖 4-3.2　東漢沂南畫像石〔註48〕

（四）鉦

金文	金文	小篆
鉦	鉦	鉦
南疆鉦	冉鉦鍼	頁 715

《説文》段注：「鉦，鐃也。**侣鈴柄中。**句。**上下通。**鐲、鈴、鉦、鐃，四者相似而有不同。鉦似鈴而異於鈴者，鐲鈴似鐘有柄爲之舌以有聲，鉦則無舌。柄中者，柄半在上半在下，稍稍寬其孔爲之抵拒，執柄搖之，使與體相擊爲聲。《鼓人》：『以金鐃止鼓。』注曰：『鐃如鈴，無舌有柄，執而鳴之，以止擊鼓。』按，鐃卽鉦。鄭説鐃形與許説鉦形合。《詩・新田》傳曰：『鉦以靜之。』與《周禮》『止鼓』相合。**从金，正聲。**諸盈切，十一部。」（頁 715）

〔註47〕劉東升，《中國音樂史圖鑑》（北京：中國藝術研究院音樂研究所出版，新華書店北京發行所發行，2008 年），頁 34。

〔註48〕孫機，《漢代物質文化資料圖説》（增訂本），頁 433～434。

1、字形說明

鉦字《金文編》中收錄二字，〈南疆鉦〉鉦[註49]及〈冉鉦鍼〉鉦，已與小篆十分相近，段注本小篆作鉦，大徐本小篆作鉦。

2、器物形制

《說文》釋鐃：「小鉦也。軍法：卒長執鐃。」許慎認為鉦、鐃、鐲三者相似。段玉裁則於鉦字注中說明鐲、鈴、鉦、鐃四者之異：

> 鐲、鈴、鉦、鐃四者相似而有不同。鉦似鈴而異於鈴者，鐲鈴似鐘有柄，為之舌以有聲，鉦則無舌。柄中者，柄半在上半在下。稍稍寬其孔，為之抵拒。執柄搖之，使與體相擊為聲。〈鼓人〉：「以金鐃止鼓。」注曰：「鐃如鈴。無舌有柄，執而鳴之，以止擊鼓。」按鐃即鉦，鄭說鐃形與許說鉦形合。《詩·新田》傳曰：「鉦以靜之。」與《周禮》止鼓相合。（頁715）

羅振玉則認為「鉦與鐃不僅大小異，形制亦異。鉦大而狹長，鐃小而短闊；鉦柄實故長可長執，鐃柄短故中空，須續以木柄乃便執持。」[註50]在出土的文物能看出其相似度，又各家說法均說明此四種金類樂器十分相似，故將鈴、鐃二字列於鉦字後討論。但《說文》釋鐲：「鉦也。从金，蜀聲。軍法：司馬執鐲。」可知鐲與鉦密切相關，不過尚未有出土實物，故不列入本文討論。

鉦是軍樂器，在湖南安陽、湖北荊門包山、湖北秭歸天燈堡等地迭有古物出土。為起信號作用的響器，不設固定音律。鉦的使用方法是以一手執柄，一手執槌擊奏[註51]。鉦與句鑃是兩種形制相近的樂器，有的文物專家認為句鑃就是鉦的別稱，主要盛行於春秋晚期到戰國時期。一般考古學家把圓統腔體、棱柱柄、柄端設衡的稱為鉦，把合瓦形腔體、扁方柱柄、柄端無衡的稱為句鑃[註52]。鉦是敲擊樂器，《詩·小雅·彤弓之什·采芑》：「方叔率止，

[註49] 容庚，《金文編》，頁915。

[註50] 羅振玉，《羅雪堂先生全集》，《貞松堂集古遺文》卷一（北京：北京圖書出版社，1930年），頁24。

[註51] 王子初，《中國音樂考古學》，頁275。

[註52] 王子初，《中國音樂考古學》，頁276。

鉦人伐鼓,陳師鞠旅。」〔註53〕毛傳:「鉦以靜之,鼓以動之。」可知鉦於行軍中,是以節止步伐的軍樂器。鉦與鐃形似,只是比鐃更大,也叫丁寧,俗稱「大鐃」〔註54〕。

圖 4-4.1　安陽商鉦〔註55〕

圖 4-4.2　周代冉鉦〔註56〕

〔註53〕漢・毛公傳,唐・孔穎達等正義,《毛詩正義》第三冊(北京:北京大學出版社,2000 年 12 月),頁 754。

〔註54〕王貴元,《漢字與歷史文化》,頁 83。

〔註55〕陳溫菊,《詩經器物考釋》,頁 88。

〔註56〕陳溫菊,《詩經器物考釋》,頁 89。

圖 4-4.3：湖北荊門包山 2 號墓鉦〔註57〕

圖 4-4.4：湖北秭歸天燈堡出土之鉦〔註58〕

（五）鐃

包山楚簡文字編	小篆
鐃	鐃
270	頁 716

《說文》段注：「鐃，小鉦也。鉦鐃一物，而鐃較小。渾言不別，析言則有辨也。《周禮》言鐃不言鉦，《詩》言鉦不言鐃，不得以大小別之。〈大司馬〉：『仲冬大閱，乃鼓退，鳴鐃且卻。』《左傳》：

〔註57〕王子初，《中國音樂考古學》，頁 276。

〔註58〕王子初，《中國音樂考古學》，頁 276。

陳子曰,『吾聞鼓不聞金』,亦謂聞鼓進、聞鐃退也。**从金,堯聲。女交切,二部。軍灋:卒長執鐃。……」**(頁716)

1、字形說明

鐃字《包山楚簡文字編》作 **鐃** 二七〇〔註59〕,小篆作从金,堯聲之 **鐃**。

段注認爲「鉦鐃一物,而鐃較小。渾言不別,析言則有辨也。《周禮》言鐃不言鉦,《詩》言鉦不言鐃。不得以大小別之。」於鉦字注中也說:「鐲、鈴、鉦、鐃四者相似而有不同。」前文已曾說明,此處不復贅。

2、器物形制

陶鐘在考古中發現極少,目前僅知陝西長安縣斗門鎮龍山文化遺址出土一例(見圖 4-5.1)。其造型十分接近商代大量出現的青銅樂器鐃,所以又有人稱爲陶鐃。有音樂考古學家認爲,它與商鐃應有一脈相承的關係〔註60〕。編鐃爲商代晚期流行的王室重器,根據考古發掘資料分析,這些樂器只出土於少數中、大型墓葬中,故編鐃可能爲商代大貴族享用的地位顯赫禮樂器。編鐃是在中國最早出現的青銅類樂器裡,有一定音律關係的定音編組樂器。編鐃的出現,說明商人在設計和製造鐃時,已有了一定的旋律需要。關於商代編鐃的考古發現以著名的婦好墓所出最爲重要,婦好墓出土的亞弜編鐃五件一組,是商鐃中編組件數最多,斷代最爲可靠,且年代也較早的出土物。目前考古出土的鐃都爲商代晚期的遺物,鐃與商代時流行於中國南方的青銅器最大的不同就是尚未發現有單個使用的確切證據,往往都是多個一組使用,構成完整的五聲音階,甚至六聲、七聲音階都是有可能的〔註61〕。漢代山東沂南畫像石(見圖 4-5.3)上所繪的吹奏鐃的樂師(最左),與排簫合奏〔註62〕。

〔註59〕張守中,《包山楚簡文字編》,頁210。

〔註60〕王子初,《中國音樂考古學》,頁78。

〔註61〕王子初,《中國音樂考古學》,頁110。

〔註62〕孫機,《漢代物質文化資料圖說》(增訂本),頁438。

圖 4-5.1　陝西長安縣斗門鎮龍山文化遺址出土陶鐘（鐃）〔註63〕

圖 4-5.2　象絞大鐃，北京故宮博物院藏〔註64〕

圖 4-5.3　山東沂南畫像石中的鐃（最左）〔註65〕

〔註63〕王子初，《中國音樂考古學》，頁78。

〔註64〕劉東升，《中國音樂史圖鑑》，頁23。

〔註65〕孫機，《漢代物質文化資料圖說》（增訂本），頁438。

圖4-5.4　南陽畫像石中的鐃〔註66〕

（六）錞

甲骨文	金文	金文	小篆
（字形）	（字形）	（字形）	（字形）
1982	陳侯午錞	公克錞	頁718

《說文》段注：「（錞），矛戟柲下銅鐏也。柲，欑也。欑，積竹杖也。矛戟之矜以積竹杖爲之，其首非銅裹而固之恐易散，故有銅鐏。故字从金。《秦風》毛傳曰：『錞，鐏也。』从金，敦聲。徒對切，古音在十三部。《方言》：『鐏謂之釬。』注曰：『或名爲錞，音頓。』《玄應書》卷廿一引《說文》作鐓，而謂梵經作錞，乃樂器錞于字。然則東晉、唐初《說文》作（鐓）可知。《玉篇》、《廣韵》皆鐓爲正字。錞注同上。《曲禮》：『進矛戟者前其鐓。』《釋文》云『又作錞』而已。舊本皆作臺聲，篆作錞，今更正。《詩》曰：『厹矛鋈鐓。』……。」

（頁718）

1、字形說明

錞，《說文》作鐓。甲骨文臺字作（字），錞字金文〈陳侯午錞〉作臺，《說文》臺字云：「孰也，从亯、羊。」段注：「凡从臺者，今隸皆作享，與亯隸無別。」（頁232）是臺爲會意字，乃錞字初文。〈陳侯午錞〉又作錞，正是从金，臺聲的後起字，與今楷書相同。唯錞从臺，不从亯，楷書臺、亯皆混同爲享，

〔註66〕孫機，《漢代物質文化資料圖說》（增訂本），頁433。

不可不辨。金文另有〈公克錞〉作下方从皿的鐵[註67]，或許是皿與鐏形相似的關係。至於小篆鐵則从金，歚聲（頁718），因歚亦从臺得聲，故錞、鐵二字同音。總之，由臺孳乳爲錞、鐵乃是無聲字形聲化。段注本小篆作鐵（頁718）。大徐本小篆作鐵[註68]，結構相同，偏旁位置略有不同。

2、器物形制

錞，又名錞于，古代打擊樂器，錞常與鼓配合使用[註69]，始於春秋時期，盛行於戰國至西漢前期。形如圓筒，上大下小，頂上多有虎形紐，用於懸掛[註70]。《周禮·地官·鼓人》記載：「以金錞和鼓。」鄭玄注曰：「錞，錞于也。圓如碓頭，大上下小，樂作鳴之，與鼓相和。」[註71]雲南晉寧石寨山滇族祭祀 M12：26 的貯貝器頂部有錞與鼓同懸一木架的形象，錞于狀如圓筒，因其頂上有耳可懸掛於木架之上，銅鼓則鼓身有耳，可側掛，因此兩種樂器可同時懸掛敲擊演奏，與文獻記載正相合[註72]。

《國語·晉語五》：「宣子曰：「大罪伐之，小罪憚之。襲侵之事，陵也。是故伐備鍾鼓，聲其罪也；戰以錞于、丁寧，儆其民也。襲侵密聲，爲暬事也。」[註73]可見錞也用於軍陣。段注於「鐵」字下注云：「《玄應》書卷廿一引《說文》作鐵，而謂梵經作錞，乃樂器錞于字，然則東晉、唐初《說文》作鐵可知。《玉篇》、《廣韻》皆鐵爲正字。錞注同上。」[註74]筆者查回玄應《一切經音義》卷 20 詞條「鐵鐵」「《說文》：『鐵，矛戟秘下銅也。經文作錞，市均反。于錞，樂器也，錞非此用。秘音府儉反。戟，柄也。」與段注所引略有區別。

[註67] 容庚，《金文編》，頁918。

[註68] 唐寫本宋刊本《說文解字》，頁482。

[註69] 王貴元，《漢字與歷史文化》，頁82～83。

[註70] 王貴元，《漢字與歷史文化》，頁82～83。

[註71] 漢·鄭玄注，唐·賈公彥疏，《周禮注疏》，頁375。

[註72] 雲南省博物館，《雲南晉寧石寨山古墓群發掘報告》（北京：文物出版社，1959年）。

[註73] 吳·韋昭註，《國語》（二）（台北：台灣商務印書館，1956年），頁21。

[註74] 段注所引之卷廿一應爲卷二十，查閱與段氏年代相近的道光 25 年海山仙館叢書本，詞條也錄於卷二十，作「鐵鐵」，可見段氏所見之玄應本與今日不同，亦有可能一時筆誤。

圖 4-6.1　石寨山 M12:26 貯貝器上演奏銅鼓、錞于雕像〔註 75〕

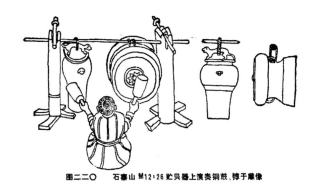

圖 4-6.2　《樂書》卷一一一〔註 76〕

（七）搖響器：鈴

金文	金文	金文	金文	金文	小篆
成周鈴	班簋	番生簋	毛公𧊪鼎	邾公求鼎	頁 715

《説文》段注：「鈴，令丁也。令，平聲。令丁，疊韵字。《晉語》十一注：『丁寧，令丁，謂鉦也。』〈吳語〉十九：『丁寧，令丁，謂鉦也。』今《國語》皆奪『令丁』字，而存於《舊音補音》。《廣韵》曰：『鈴似鐘而小。』然則鐲、鈴一物也。古謂之丁寧，漢謂之令丁，在旂上者亦曰鈴。**从金。令聲。**郎丁切。古音在十二部。」（頁 715）

〔註 75〕李純一，《中國上古出土樂器綜論》，頁 351。
〔註 76〕李純一，《中國上古出土樂器綜論》，頁 352。

1、字形說明

鈴字《金文編》〔註77〕著錄數種字形：（成周鈴），鈴作令，不從金，令字從亼從卪，卪重見。後加形符金成爲形聲字，如：（班簋）、（番生簋），及從命得聲的（毛公厝鼎），甚至有部件左右顛倒的（邾公求鼎）。小篆作。段注云：「令，發號也。」（頁 435）「命，使也。從口令。令者、發號也。」（頁 57）令、命同義，故金文有從命與從令之鈴字。

鈴，大徐、段注本《說文》解釋爲「令丁也。」小徐本《說文繫傳》加了金字旁，作：「鈴，鈴釘也。」〔註78〕爲異文。

2、器物形制

鈴爲發號司令的樂器，令丁爲漢代鈴的別名。鈴，主要特徵是筒狀鈴體，鈴腔內有棒狀鈴舌，搖晃鈴體，鈴舌會與鈴體碰擊發聲。中國新石器時代便出現了陶鈴，不過並不是很多，陶鈴可能是後來重要的青銅器編鐘的始祖之一〔註79〕。

鈴最早出現於大汶口遺址的北辛文化遺存〔註80〕，在大墩子遺址屬於大汶口文化早期遺存中發現二件石質的鈴〔註81〕。1956 年在湖北天門石家河遺址出土的新石器時代陶鈴可爲典型，是相當於龍山文化時期的石家河文化遺物，器身兩面都刻畫有花紋，近似饕餮〔註82〕。蒙城尉遲寺遺址出土三件陶鈴〔註83〕。目前發現最早的青銅鈴是 1983 年山西襄汾陶寺遺址 3296 號墓出土的小銅鈴，大約相當於夏代〔註84〕。二里頭文化目前出土銅鈴已發現四枚，均無花紋，出土於墓葬。上海博物館藏獸面紋鈴，由於大多出土於殷墟狗骨架附近或是狗頸

〔註77〕 容庚，《金文編》，頁 914～915。

〔註78〕 南唐・徐鍇，《說文解字繫傳》，頁 269。

〔註79〕 王子初，《中國音樂考古學》，頁 74～75。

〔註80〕 山東省文物考古研究所，《大汶口續集》（北京：科學出版社，1997 版），第 44 頁，圖二八，5。

〔註81〕 南京博物院，《江蘇邳縣大墩子遺址第二次發掘》，《考古學集刊》，1981 年。

〔註82〕 王子初，《中國音樂考古學》，頁 74～75。

〔註83〕 中國社會科學院考古所，《蒙城尉遲寺》（北京：科學出版社，2001 年），圖 126，2、3、8，圖 125，13。

〔註84〕 王貴元，《漢字與歷史文化》，頁 83。

項下，可推測今日所見商代晚期的銅鈴基本上都是狗鈴〔註85〕。

　　容庚於《頌齋吉金圖錄・王成周鈴》中說到「鈴之類別有二，一綴於旂上者，《詩》載於和鈴央央，《左氏桓二年傳》錫鸞和鈴，毛公鼎朱旂二鈴是也。一爲樂器，《周禮・春官・巾車》，大祭祀鳴鈴以應雞人是也。」〔註86〕可見鈴除了可用於樂器演奏外，也是綴於旂上之飾物，《說文》旂字解作：「旗有衆鈴，以令衆也。（頁313）」可見鈴爲號令之樂器。唐蘭於《古樂器小記》中說到：「漢以下器，其大者鐸，其小者皆鈴也。」〔註87〕此爲後代之演變。

圖 4-7.1　北辛、大汶口文化樂器〔註88〕

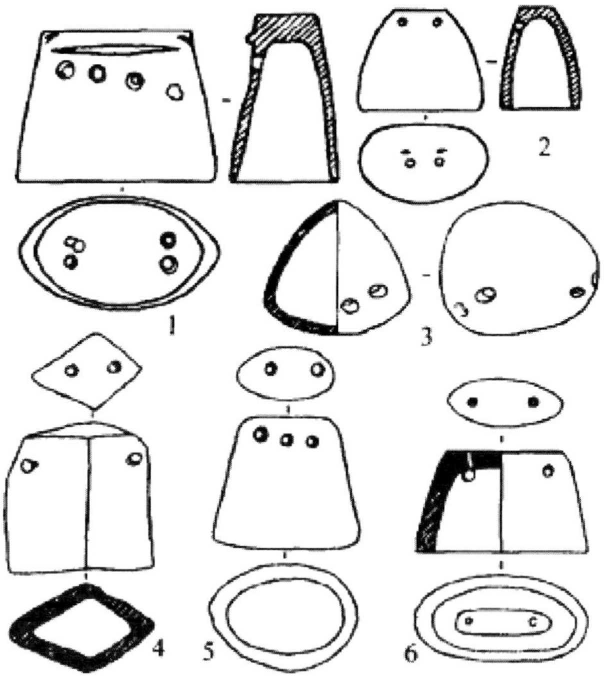

圖 1.2－16　北辛、大汶口文化乐器
1．2．大墩子　3．4．6．尉迟寺　5．大汶口
（1．石铃、3．陶埙、余为陶铃）

〔註85〕王子初，《中國音樂考古學》，頁 105～106。

〔註86〕容庚，《容庚學術著作全集》，第十二冊，《頌齋吉金圖錄考釋》（北京：中華書局，2011年），頁 89。

〔註87〕唐蘭，《唐蘭先生金文論集》，頁 370。

〔註88〕南京博物院，《江蘇邳縣大墩子遺址第二次發掘》，《考古學集刊》，1981 年。

圖 4-7.2　湖北天門石家河陶鈴〔註89〕

圖 4-7.3　上海博物館藏獸面紋鈴〔註90〕

圖 4-7.4　王成周鈴〔註91〕

〔註89〕王子初，《中國音樂考古學》，頁 74。

〔註90〕王子初，《中國音樂考古學》，頁 108。

〔註91〕容庚，《容庚學術著作全集》，第十二冊，頁 89。

（八）搖響器：鐸

金文	金文	金文	睡虎地秦簡	小篆
（字形）	（字形）	（字形）	（字形）	（字形）
中山王䁁鼎奮桴農鐸	峀訇君鼎鐸其吉金	□外卒鐸	頁 208	頁 716

《説文》段注：「鐸，大鈴也。〈鼓人〉：「以金鐸通鼓。」注：『鐸，大鈴也。』謂鈴之大者。説者謂軍法所用金鈴金舌謂之金鐸，施令時所用，金鈴木舌則謂之木鐸。按〈大司馬〉職曰『振鐸』，又曰『攟鐸』，鄭謂攟掩上振之。鐸之制同鈴。从金，睪聲。徒洛切，五部。軍澶：五人爲伍，五伍爲兩，兩司馬執鐸。見〈大司馬〉職。」（頁 716）

1、字形說明

鐸字金文作（中山王䁁鼎）〔註 92〕、（峀訇君鼎）〔註 93〕，峀訇君鼎的鐸字字下方从艸，金文中擇字作，也从艸，可見是一貫的現象。還有與小篆字形已相近的〔註 94〕，《睡虎地秦簡文字編》作〔註 95〕，小篆作从金，睪聲的鐸。

2、器物形制

鐸爲古代一種搖播發聲的樂器，《周禮・夏官・大司馬》：「群司馬振鐸，車徒皆作。」〔註 96〕可知鐸爲軍樂器，用於軍旅和田獵。最好的證明就是 1994 年初，南陽市桐柏縣月河一號春秋大墓出土的兩件銅鐸。出土時與皮甲、兵器放在一起，爲鐸爲軍樂器之説提供了證據〔註 97〕。唐蘭在《古樂器小記》中提到鐸於田獵之用如下：「自漢以下，鐸之用甚廣。有施於牛馬者，著錄甚多，晉荀勗以趙郡賈人牛鐸定樂，即此類。有施於屋檐者，《古鑑》所著錄檐鐸是

〔註 92〕容庚，《金文編》，頁 915。

〔註 93〕容庚，《金文編》，頁 915。

〔註 94〕容庚，《金文編》，頁 915。

〔註 95〕張守中，《睡虎地秦簡文字編》（北京：文物出版社，1994 年），頁 208。

〔註 96〕漢・鄭玄注，唐・賈公彥疏，《周禮注疏》第二冊，頁 917。

〔註 97〕王子初，《中國音樂考古學》，頁 278。

也。其制大率與鐘同，唯較小，且鐘上爲甬，而鐸爲環狀之紐耳。」〔註 98〕提到其與鐘異同之處，言之甚瞭。

鐸的形制是裝有木把，腔內有金屬舌，使用時執把搖擊，使鐸舌來回撞擊鐸體發聲〔註 99〕。《周禮・鼓人》：「以金鐸通鼓。」賈疏：「金鈴金舌者爲金鐸。」〔註 100〕根據這些文獻記載，可知鐸有舌。又河北定縣北莊漢墓所出土之鐸，雖舌已不存，但有懸舌之環，可爲鐸本有舌之證〔註 101〕。

圖 4-8.1　漾子白受之鐸〔註 102〕

圖 4-8.2　故宮博物院藏，□外卒鐸〔註 103〕

〔註98〕唐蘭，《唐蘭先生金文論集》，頁 370。

〔註99〕王子初，《中國音樂考古學》，頁 275～276。

〔註100〕漢・鄭玄注，唐・賈公彥疏，《周禮注疏》，頁 375。

〔註101〕孫機，《漢代物質文化資料圖說》（增訂本），頁 433～434。

〔註102〕王子初，《中國音樂考古學》，頁 278。

〔註103〕王子初，《中國音樂考古學》，頁 279。

圖 4-8.3 湖北江陵雨台山 448 號墓鐸〔註104〕

圖 4-8.4：漢代畫像中的振鐸圖像〔註105〕

二、革類樂器

　　革類樂器因為皮質材料容易腐爛，故所保存下來的古文物較少，唯古文字尚有跡可尋。此段依鼓之大小順序排列，又「虡」為鐘鼓之柎，是為實物，但又不算是樂器，故列於附錄一談。

　　鼓屬於古代八音中「革」類的打擊樂器。戰爭進軍要擊鼓，祭祀奏樂要擊鼓，國君登殿也要擊鼓，以鼓聲統一其它管弦樂器的節奏〔註106〕。從遠古時期到現代一直都是有相同的功效。

（一）壴、鼓、鼓

壴字甲骨文	壴字甲骨文	壴字金文	壴字小篆
甲 528	乙 4770 亦古文壴	0759 女壴方彝	頁 207

〔註104〕王子初，《中國音樂考古學》，頁 279。

〔註105〕孫機，《漢代物質文化資料圖說》（增訂本），頁 433。

〔註106〕黃宇鴻，《說文解字與民俗文化研究》，頁 209。

鼓字甲骨文	鼓字甲骨文	鼓字金文	鼓字金文	鼓字金文	鼓字小篆
甲 1164	乙 4684	0763 王孫鐘	0763 克鼎	0763 觶文	頁 208

鼓字金文	鼓字小篆
0535 洹子孟姜壺	頁 126

《説文》段注:「壴,陳樂立而上見也。謂凡樂器有虡者,豎之,其顛上出可望見。如《詩》、《禮》所謂『崇牙』,金部所謂『鎛鱗』也。厂部曰:『屵,岸上見也。』亦謂遠可望見。从中豆。豆者,豎也。豎,堅立也。豆有骹而直立,故侸、豎从豆,壴亦从豆。中者,上見之狀也。艸木初生,則見其顛。故从中。中句切。四部。凡壴之屬皆从壴。」(頁 207)

《説文》段注:「鼓,郭也。城章字俗作『郭』。凡外障內曰郭,自內盛滿出外亦曰郭。郭、廓正俗字。鼓、郭疊韵。春分之音,萬物郭皮甲而出,故曰鼓。《風俗通》全用此説。从壴,鼓必有虡也。从中又。中象垂飾,又象其手擊之也。各本篆文作『鼓』。此十四字作『从攴,攴象其手擊之也。』今正。弓部弢下云:『从弓,从中又。中,垂飾,與鼓同意。』則鼓之从中憭然矣。弢、鼓皆从中以象飾,一象弓衣之飾,一象鼓虡之飾也。皆从又,一象手執之,一象手擊之也。夢英所書郭氏《佩觿》皆作『鼓』是也。凡作『鼓』作『皷』作『鼓』者,皆誤也。从中,从又,非从攴𣲳之攴,後人譌刪。弓衣之飾如紛綬是也,鼓虡之飾如崇牙樹羽是也。工戶切,五部。《周禮》六鼓:靁鼓八面,靈鼓六面,路鼓四面,鼖鼓、臯鼓、晉鼓皆兩面。六鼓見《周禮·鼓人》。六面、四面、兩面,鄭與此同。凡鼓之屬皆从鼓。𪔙,籀文鼓。从古。」(頁 208)

《説文》段注：「𣪯，擊鼓也。从攴壴。壴者，鼓之省。攴者，擊。壴亦聲。壴，古音在四部侯韵。尤矦之入聲爲屋沃燭。讀若屬。鉉本無此三字，非也。屬，之欲切，故鼓讀如敕屬，與擊雙聲。大徐以其形似鼓，讀公戸切，刪此三字，其誤葢久矣。……至《集韵》、《類篇》乃以朱欲、殊玉二切歸之從壴聲之數字，而不知二切皆本《説文》，鼓讀如屬，敱安得有此二切也？皆由沿襲徐鉉，遂舛誤至此。至乎南宋，毛晃又云：鼓舞字從攴，與鐘鼓字不同。岳珂刊九經三傳，凡鼓瑟、鼓琴、鼓鍾于宮、弗鼓弗考、鼓之舞之，皆分別作鼓。《經典釋文》、《五經文字》、《九經字樣》、《開成石經》皆無此例也。《周禮·小師》：『掌教鼓鼗、柷、敔、塤、簫、管、弦、歌。』注云：『出音曰鼓。』按，鼓，郭也，故凡出其音皆曰鼓。若鼓，訓擊也。鼗、柷、敔可云鼓，塤、簫、管、弦、歌，可云鼓乎？亦由鼓切公戸，寖成異説。減裂經字。以至於此。」（頁126）

1、字形説明

鼓字的初文作「壴」。《説文·壴部》：「壴，陳樂立而上見也。」壴字甲骨文作 🎵（甲五二八）[註107] 或較爲複雜的 🎵（乙四七七○）[註108]，金文作〈女壴方彝〉 🎵 [註109]，小篆作 壴 。字形上部像鼓飾，中間像鼓身，下部像承鼓之架。後來在又衍生出鼓、鼓兩字。

《説文·鼓部》：「鼓，郭也。春分之音，萬物郭皮甲而出，故曰鼓。从壴、从屮又，屮象眾飾，又象其手擊之也。《周禮》六鼓：靁鼓八面，靈鼓六面，路鼓四面，鼖鼓、皋鼓、晉鼓皆兩面。凡鼓之屬皆从鼓。」鼓字，《甲骨文編》中收錄二十八個，除「壴」及「攴」的左右位置不固定之外，無太大差別，大多呈 🎵（甲一一六四）、🎵（乙四六八四）[註110] 之樣貌，可看出早期字形尚未完全固定，尚未有統一文字。段注改大徐本，以爲「從壴，鼓必有虡也。從

[註107] 中國科學院考古研究所編，《甲骨文編》，頁218～219。
[註108] 中國科學院考古研究所編，《甲骨文編》，頁218～219。
[註109] 容庚，《金文編》，頁328。
[註110] 中國科學院考古研究所編，《甲骨文編》，頁220。

屮又。屮象丞飾，又象其手擊之也。」季旭昇在《說文新證》中認爲是毫無根據的〔註 111〕。金文有从攴之〈克鼎〉𪔉〔註 112〕，〈觶文〉𪔉，也有不从攴的獨體象形〈王孫鐘〉𪔉〔註 113〕，小篆作𪔉。鼓鎚不成文，應作合體象形。

《說文・攴部》：「鼓，擊鼓也。从攴，从壴，壴亦聲。」鼓字金文作〈洹子孟姜壺〉𪔊〔註 114〕，小篆作𪔊。

壴部和鼓部，共收十五字，大多與鼓名或鼓聲有關。教育部異體字字典將鼓、鼓二字作異體釋，《龍龕手鑑・攴部》鼓爲今字，鼓爲正字。壴則爲鼓字之初文，鼓、鼓二字實爲一字之異體，只因結構不同，且各有從屬，故分列二部，而不聚於一部，以正文重文處理，亦足見其重要性，今則統一爲鼓字。

2、器物形制

據先秦時代文獻的記載，鼓的種類也是非常之多，如在《論語・陽貨》：「子曰：『禮云禮云，玉帛云乎哉？樂云樂云，鐘鼓云乎哉？』」〔註 115〕或如《孟子・梁惠王下》：「今王鼓樂於此，百姓聞王鐘鼓之聲，管籥之音，……。」〔註 116〕《詩經》中出現了鼗鼓、鼖鼓、賁鼓、鼉鼓、應、田、縣鼓等七種〔註 117〕，而從出土文物來看，也是琳瑯滿目，新石器時代的陶鼓（圖 4-9.1）、殷墟出土的木鼓，新石器時代鼉鼓，還有商周出現的銅鼓（圖 4-9.2）等，不一而足。木鼓雖然木框與皮早已腐朽，但仍存鼓之外型。雖然各種鼓的材料不同，不過樣式大多相近。

〔註 111〕季旭昇，《說文新證》，頁 397。

〔註 112〕容庚，《金文編》，頁 329。

〔註 113〕李圃主編，《古文字詁林》第五冊，頁 89～90。

〔註 114〕容庚，《金文編》，頁 219。

〔註 115〕魏・何晏等注，宋・邢昺疏，《論語注疏》，頁 271。

〔註 116〕漢・趙岐注，宋・孫奭疏，《孟子注疏》，頁 38。

〔註 117〕陳溫菊，《詩經器物考釋》，頁 73。

圖 4-9.1　甘肅永登樂山坪彩出土的陶鼓〔註118〕

圖 4-9.2　雲南晉寧出土的銅鼓，鼓上鑄六隻虎形〔註119〕

圖 4-9.3　戰國時期雙鳳雙虎造型的扁鼓〔註120〕

〔註118〕王子初，《中國音樂考古學》，頁83。

〔註119〕劉道廣、許暘、卿尚東，《圖證考工記：新注・新譯及其設計學意義》，頁71。

〔註120〕劉道廣、許暘、卿尚東，《圖證考工記：新注・新譯及其設計學意義》，頁71。

（二）鼖、鼛

鼖字小篆	鼖字說文或體	鼛字小篆	鼖之本字
頁 208	頁 208	頁 208	唐蘭說法

《說文》段注：「鼖，大鼓謂之鼖。凡賁聲字多訓大。如毛傳云：『墳，大防也。頒，大首兒。汾，大也。』皆是。卉聲與賁聲一也。鼖，八尺而兩面。〈韗人〉：『鼓長八尺。鼓四尺，中圍加三之一，謂之鼖鼓。』鄭曰：『大鼓謂之鼖。』吕鼓軍事。見《鼓人》。从鼓，卉聲。鉉本改作『賁省聲』，非也。賁从貝、卉聲，微與文合韵冣近。符分切。十三部。鞼，鼖或从革，賁聲。鉉本改作『賁不省』，非是。〈大司馬〉職作『賁鼓』，卽鞼之省也。」（頁 208）

《說文》段注：「鼛，大鼓也。《周禮》作『皋』，古音同在三部也。《鼓人》：『以皋鼓鼓役事。』〈韗人〉：『爲皋鼓，長尋有四尺，倨句磬折。』毛傳：『鼛，大鼓也。長一丈二尺。』从鼓，咎聲。古勞切，古音在三部。《詩》曰：『鼛鼓不勝。』不，二徐同。汲古閣作『弗』，非也。今《類篇》、《集韵》、宋刻《說文》皆作『不』。《大雅》文，今《詩》不作『弗』。」（頁 208）

1、字形說明

《說文》釋鼖：「大鼓謂之鼖。鼖八尺而兩面，以鼓軍事。从鼓，卉聲。鞼，鼖或从革，賁聲。」鼖字，小篆作。甲骨文壴字，唐蘭認為：「，當是鼖之本字也。鼖爲鼓形，說已見上。此作者，多其賁飾，以顯大鼓也。後世樂器之鼓以爲之，字遂變而作矣。」〔註121〕段注認爲徐鉉《說文解字》作：「从鼓，賁省聲。」〔註122〕非也，段注與徐鍇《說文解字繫傳》相同看法，皆作「從鼓，卉聲。」〔註123〕。

〔註121〕唐蘭：《殷墟文字記》（北京：中華書局，1981 年），頁 63～82。

〔註122〕唐寫本、宋刊本《說文解字》，頁 167。

〔註123〕南唐·徐鍇，《說文解字繫傳》，頁 93。

《說文》釋鼖：「大鼓也。从鼓，賁聲。《詩》曰：『鼖鼓不勝。』」鼖字爲形聲字，小篆作𪔝。

2、器物形制

《周禮·地官·鼓人》：「鼓人：掌教六鼓、四金之音聲，以節聲樂，以和軍旅，以正田役。教爲鼓而辨其聲用：以雷鼓鼓神祀，以靈鼓鼓社祭，以路鼓鼓鬼享，以鼖鼓鼓軍事，以鼛鼓鼓役事，以晉鼓鼓金奏。以金錞和鼓，以金鐲節鼓，以金鐃止鼓，以金鐸通鼓。凡祭祀百物之神，鼓兵舞帗舞者。凡軍旅，夜鼓鼜，軍動則鼓其眾，田役亦如之。」〔註124〕清楚寫出各種鼓的用法，及配合的金類樂器。鼖、鼛兩者皆爲大鼓，故本論文將其併於一節比較。

鼖或从革，可見其材質爲革，也符合其爲革類樂器之說。從《說文》中可見鼖是一種八尺而兩面的大軍鼓，其形制與《爾雅·釋樂》：「大鼓謂之鼖，小者謂之應。」〔註125〕所言相合，與《周禮》注所云：「大鼓謂之鼖。鼖鼓長八尺。」亦相仿。至其作用，《周禮·地官司徒》所言也與《說文》相近，可見鼖鼓用於軍旅之事。

推測鼖鼓的使用與鼛鼓大抵相似，早期使用的場合並無嚴格限制，由於形體較大，產生共鳴的機會也較佳，因此在大型活動中，較常被使用〔註126〕。

從上可推測鼛、鼖兩者雖都爲大鼓，使用方式類似。先秦之一丈爲十尺，鼛長一丈二尺，相當於十二尺，鼖八尺而兩面，可知其爲八尺，鼛較鼖大。又可於文獻中瞭解鼛是指揮勞役之事，而鼖則於軍事使用。

（三）鼗

包山楚簡	小篆
𪔌	𪔛
2.145	頁 208

《說文》段注：「𪔛，騎鼓也。戴先生曰：『《儀禮》有朔鼗、應鼗。</p>

〔註124〕漢·鄭玄注，唐·賈公彥疏，《周禮注疏》，頁 371～372。

〔註125〕晉·郭璞注，宋·邢昺疏，《爾雅注疏》，頁 171。

〔註126〕陳溫菊，《詩經器物考釋》，頁 75。

鼙者，小鼓，與大鼓爲節。魯鼓、薛鼓之圖：圜者擊鼙，方者擊鼓。後世不別設鼙，以擊鼓側當之。作堂下之樂，先擊朔鼙，應鼙應之。朔者，始也。所以引樂，故又謂之棟。棟之言引也。朔鼙在西，置鼓北；應鼙在東，置鼓南。東方諸縣西鄉，西方諸縣東鄉故也。』按，〈大司馬〉云：『師帥執提，旅帥執鼙。』大鄭曰：『提謂馬上鼓，有曲木提持，鼓立馬髦上者。』然則騎鼓謂提，非謂鼙也。許與大鄭異。从鼓，卑聲。部迷切。十六部。」（頁208）

1、字形說明

鼙字《包山楚簡》作鼙。小篆作鼙。

2、器物形制

鼙是古代軍中用的一種小鼓，段氏云：「戴先生曰：『《儀禮》有朔鼙、應鼙。鼙者小鼓。與大鼓爲節。』」《釋名・釋樂器》：「鼙，裨也，裨助鼓節也。」〔註127〕《周禮・夏官・大司馬》曰：「中軍以鼙令鼓」，注曰：「中軍之將令鼓，鼓以作其士眾之氣也。鼓人者，中軍之將、師帥、旅帥也。」〔註128〕中軍之統帥拿鼓來振奮士兵之氣，鼙應爲號令之小鼓也。曾永義認爲鼙之作用爲：

> 爲大鼓之導引。因先擊之先後，一始一應，故在樂縣中冠以「朔」、「應」別之。蓋在東階之鼙爲應，在西階之鼙爲朔，猶編鐘、編磬之以笙、頌區之也。……以其爲大鼓之導引故名胤、名棟；以其始鼓故曰朔。又鼙鼓既爲縣鼓之小者，則其安置方法當爲縣於簨虡上無疑矣。諸禮圖與諸樂書所載未必可靠，而禮圖與樂書又多不言鼙鼓之安置方法，蓋緣於考據未詳也。〔註129〕

可知鼙鼓所放之方位不同，稱法也不同，其爲軍事中導引大鼓之器。但與漢代畫像石之鼙鼓圖不吻合，漢代鼙鼓只是人抱鼓，而不是懸於簨虡之上。

〔註127〕漢・劉熙撰，《釋名》（北京：中華書局，1985年），頁52。

〔註128〕漢・鄭玄注，唐・賈公彥疏，《周禮注疏》，頁913。

〔註129〕曾永義，《儀禮樂器考》（台北：中華書局，1986年），頁62～64。

圖 4-10.1 漢代之擊鼓說唱陶俑〔註130〕

（四）鞀

鞀字小篆	鞉字小篆	鼗字小篆	鞀字籀文	古文四聲韻
鞀	鞉 鞉	鼗	磬	鞀
頁 109	頁 109	頁 109	頁 109	

《説文》段注：「鞀鞀，此複字刪之未盡者。遼也。此『門，聞也』，『戶，護也』，『鼓，郭也』，『琴，禁也』之例，以疊韵説其義也。遼者，謂遼遠必聞其音也。《周禮》注曰：『鼗如鼓而小，持其柄搖之，旁耳還自擊。』从革，召聲。徒刀切，二部。鞉鞉，鞀或从兆聲。鼗鼗，鞀或从鼓兆。磬磬，籀文鞀，从殸召。《周禮》以爲韶字。」（頁 109）

1、字形說明

鞀字下列鞉、鼗二字之小篆，鞀字小篆作鞀，鞉字小篆作鞉，鼗字小篆作鼗。可知鞀、鞉、鼗及籀文磬四字同物異名，於先秦古籍中通用，但鞀字唯於《古文四聲韻》作鞀。

2、器物形制

在周代左右，即有此一古老的樂器，在《詩・商頌・那》中可見「置我鞉鼓。」〔註131〕毛傳：「鞉鼓，樂之所成也。夏后氏足鼓，殷人置鼓，周人縣鼓。」可知商人所置鼓，即爲鞉鼓。

〔註130〕孫機，《漢代物質文化資料圖説》（增訂本），頁 433。
〔註131〕漢・毛公傳，唐・孔穎達等正義，《毛詩正義》，頁 1685。

　　《說文》：「鼗，遼也。」段注云：「遼者，謂遼遠必聞其音也。《周禮》注：『鼗如鼓而小，持其柄搖之，旁耳還自擊。』」鼗鼓應爲一種有耳、有柄之小搖鼓，可持柄搖，且兩旁之耳敲擊其身，打擊發音。就如今日所見之波浪鼓。又漢代畫像磚（見圖二）中也能看見此種樂器，並常與排簫和鞞鼓一併使用，這兩種樂器由同一人演奏。山東沂南石墓畫像中有一人執鼗鼓搖擊之以爲舞隊引導者〔註132〕，其形狀與鄭注及《三禮圖》（見圖4-11.1）、《樂書》所繪者相合。可能這種鼗鼓的形制自古以來無甚改變的緣故〔註133〕。

圖4-11.1　《三禮圖》中的「鼗鼓」

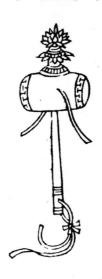

圖4-11.2　漢河南方城東關畫象石，邊吹排簫邊搖鼗鼓的形象〔註134〕

〔註132〕山東省文物管理處、南京博物院合編，《沂南古畫像石墓發掘報告》（南京：文化部文物管理局出版，1956年）。

〔註133〕曾永義，《儀禮樂器考》，頁65。

〔註134〕金家翔編繪，《中國古代樂器百圖》（合肥：安徽美術出版社，1993年），頁19。

（五）附錄：虡

《說文》中記載許多描寫鼓聲的字，如：彭、鼟、囂、鼛、鼖釋文皆作「鼓聲也。」本論文主要專注於物質方面的字，虛象之字，不列入討論，又虡字為鐘鼓之柎，為實物，十分重要。但又不是革類樂器，故列於附錄中討論。

甲骨文	金文	虡字小篆	鐻字小篆	篆文虡
商·拾 11.17	春秋·邵鐘	頁 212	頁 212	頁 212

《說文》段注：「虡，鐘鼓之柎也，木部曰：『柎，咢足也。』《靈臺》、《有瞽》傳皆曰：『植者曰虡，橫者曰栒。』《考工記》曰：『梓人為筍虡。』飾為猛獸。《梓人》曰：『贏屬恆有力而不能走，其聲大而宏，若是者，以為鐘虡。』按，鼓虡當亦象贏屬也。戴氏《考工記圖》曰：『虡所以負筍。非以贏者羽者為虡下之跗也。』引〈西京賦〉：『洪鐘萬鈞，猛虡趪趪，負筍業而餘怒，乃奮翅而騰驤。』薛注云：『當筍下為网飛，獸以背負。』張揖注〈上林賦〉曰：『虡獸重百二十萬斤，以俠鐘旁。』俠同夾，此可見虡制。師古改其注云『以縣鐘』，則昧於古制矣。《廣韵》引《埤倉》：『鐻，樂器，以夾鐘，削木為之。』與張注同。今本《廣韵》作『形似夾鐘』，則非矣。又考〈上林賦〉『擽飛虡』，《廣韵》引正作『虡』。張揖曰：『飛虡，天上神獸，鹿頭龍身。』是長卿謂虡為神獸，許謂栒虡字飾以猛獸，説不同也。从虍，象形，各本作『異』，非，今正。謂篆之中體象猛獸之狀。非、二字也。『形』字鉉本無，非是。其下足。謂『』也。者，下基也。虡之迫地者也。其呂切，五部。鐻，虡或从金豦。或當作『篆』，此亦上部之例也。《周禮·典庸器》注：『橫者為筍，從者為鐻。』釋文曰：『鐻，舊本作此字，今或作虡。』按，經典鐻字，祗此一處，此字蓋秦小篆，李斯所作也。《秦始皇本紀》：『收天下兵，聚之咸陽，銷以為鐘鐻。』本篇引賈生論云『銷鋒鑄鐻』。《三輔黃圖》曰：『始皇收天下兵，銷以

爲鐘鐻，高三丈。』字皆正作『鐻』。蓋梓人爲虡本以木，始皇乃
易以金，李斯小篆乃改爲从金豦聲之字。司馬賦云：『千石之鐘，
萬石之鉅。』正謂秦物。《史記》作『鉅』，卽鐻字之異者也。鐘鐻
與金人爲二事，《本紀》、賈論、《西都》《西京》二賦、《三輔黃圖》
皆竝舉，漢〈賈山傳〉、〈陳項傳〉各舉其一，學者或認爲一事，非
也。《典庸器》經文作『虡』。注文作『鐻』，此鄭氏注經之通例。
如《禮經》經文作『庿』。注文作『廟』，《周禮》經文作『眠』，注
文作『視』，皆是也。虡🈁，篆文虡。《五經文字》曰：『虡，《說文》
也。虡、鑢省也。』然則虡爲鑢字，不用小篆而改省古文。後人所
增也。」（頁 212）

1、字形說明

虡字未收錄於《甲骨文編》、《金文編》及《古文字詁林》中，但季旭昇《說
文新證》中將甲骨文〈商・拾 11.17〉🈁、金文〈春秋・邵鐘〉🈁隸定作「虡」
〔註 135〕。段氏認爲「鑢」爲李斯所作之秦小篆。「虡」字則爲後代所增之隸省
字。

2、器物形制

《周禮・冬官考工記》：「梓人爲筍虡。天下之大獸五：脂者，膏者，臝
者，羽者，鱗者。宗廟之事，脂者、膏者以爲牲，臝者、羽者、鱗者以爲筍
虡。」〔註 136〕「筍」爲懸掛樂器之橫樑，「虡」爲支撐橫樑兩端的主柱。「臝
者」爲虎豹之類，獸淺毛者也；又一說爲人，曾侯乙墓出土的鐘虡銅人，印
證了《考工記》中「臝者」至少包含人在內，而非先賢所僅指的「獸」。「羽
者」爲鳥屬，「鱗者」爲龍蛇之屬。曾侯乙墓出土的獸形磬虡（如圖 4-12.1）
集多種動物的局部爲一體而塑成，有鱉足、龜背、雙翼鳥身，雙角龍首「四
不像」的樣子，乃爲印證「其聲清明而遠聞」的設計要求。這種集多種動物
的局部爲一體的塑像，是先秦時代雕塑作品的主題，主要是表現人與自然的
交融，多元民族的文化碰撞，不但能使原本造形呆板的器物變得生動有趣，
也是力量的象徵，雕刻技術的顯現。鐘虡與磬虡形制大致相同，而鼓虡較爲

〔註 135〕季旭昇，《說文新證》，頁 403。

〔註 136〕漢・鄭玄注，唐・賈公彥疏，《周禮注疏》，頁 1329。

特殊，許多戰國楚墓出現的懸鼓，鼓架底座由兩隻尾巴相連的伏虎作成，又虎背上承托著兩隻相背的立鳥，鼓懸於兩鳥之間〔註137〕。

圖 4-12.1　曾侯乙墓圖版二六：獸形磬虡〔註138〕

圖 4-12.2　曾侯乙墓圖版一一：鐘虡銅人〔註139〕

三、木類樂器

　　《說文》木制樂器有柷、柷、敔三種，柷字目前既無出土實物也無甲骨文、金文之例證，但柷、柷二字間有密切關係，故將柷字列入於柷字之末討論。柷與敔兩種樂器一為雅樂之始，另一則用於雅樂結束之時。

〔註137〕陳溫菊，《詩經器物考釋》，頁 93。

〔註138〕湖北省博物館編，《隨縣曾侯乙墓》，圖版二六。

〔註139〕湖北省博物館編，《隨縣曾侯乙墓》，圖版一一。

（一）柷

小篆
柷
頁 267

《説文》段注：「柷柷，樂木椌也。樂上當有『柷』字。椌，各本作『空』，誤。《周頌》毛傳曰：『柷，木椌也。圉，楬也。』許所本也。今更正。**所㠯止音爲節**。按鉉本此六字，大誤。柷以始樂，非以止音也。鍇本此篆已佚，而見《韵會》者，亦譌舛不可讀。今按，當作『以止作音爲柷』。《釋樂》曰：『所以鼓柷謂之止。』蓋椌之言空也，自其如黍桶言之也。柷之言觸也，自其椎柄之撞言之也。《皋陶謨》：『合止柷敔。』鄭注云：『柷狀如黍桶而有椎。合之者，投椎其中而撞之。』《爾雅》郭注云：『柷如黍桶，方二尺四寸。（《風俗通》、《廣雅》云，三尺五寸），深一尺八寸。（《風俗通》云，尺五寸。）中有椎柄，連底挏之，令左右擊。止者、其椎名。』劉熙云：『柷、祝也。』故訓祝爲始，以作樂也。」**從木，祝省聲**。昌六切，三部。」（頁 267）

1、字形說明

柷字，小篆作從木，祝省聲的柷。「祝省聲」，段注引劉熙云：「柷、祝也。」說明柷的讀音和祝的讀音有關係，但「柷」中沒有「示」偏旁，故曰省。

2、器物形制

唐寫本木部殘卷：「柷，樂木椌也。工用柷止音爲節，從木，祝省。」〔註140〕「柷」從木，爲木製打擊樂器，二徐本與段氏注三本文字有異，徐鉉作「樂木空也。所以止音爲節。」〔註141〕徐鍇《說文繫傳》作「樂，木工用柷聲音爲亨。……臣鍇按：《字書》柷之言始也。」〔註142〕段注本：「樂木椌也。」三家說法不同，唐寫本《說文・木部》殘卷與段注本、大徐本的文字

〔註140〕唐寫本、宋刊本《說文解字》，頁574。

〔註141〕唐寫本、宋刊本《說文解字》，頁205～206。

〔註142〕南唐・徐鍇，《説文解字繫傳》，頁117。

較爲相同。「木空」與「木椌」兩種說法應爲通叚字與本字的關係。至於「所以止音爲節」六字，段注云：「按鉉本此六字大誤。柷以始樂、非以止音也。鍇本此篆已佚。而見《韵會》者亦譌舛不可讀。今按當作以止作音爲柷。」段氏認爲二徐本俱誤，「柷」是始樂，不是止音的樂器。《爾雅·釋樂》：「所以鼓柷謂之止。」〔註143〕就是在演奏音樂前，以木椎「止」來打擊「柷」這種樂器，此爲段注所本。郭璞注云：「柷如漆桶，方二尺四寸。」《廣雅》云：「柷，象桶，三尺五寸，深一尺八寸，四角有陞鼠。」〔註144〕但由於無出土實物可供參考，只能就宋代《三禮圖》等書稍作想像。

圖 4-13.1　《三禮圖》繪柷圖〔註145〕

（二）附錄：椌

小篆
椌
頁 267

　　《說文》段注：「椌，柷樂也。〈樂記〉注曰：『椌楬，謂柷敔也。』此釋椌爲柷，釋楬爲敔也。謂之椌者，其中空也。從木，空聲。苦江切，九部。」（頁 267）

1、字形說明

　　椌字，小篆作椌。唐寫本木部殘卷：「柷，樂器也。從木，空聲。」〔註146〕與今本《說文》略有不同。

〔註143〕晉·郭璞注，宋·邢昺疏，《爾雅注疏》，頁 176。

〔註144〕清·王念孫，《廣雅疏證》（北京：中華書局，1983 年），頁 278。

〔註145〕宋·聶崇義，宋淳熙二年刻本：《新定三禮圖》，頁 84。

〔註146〕唐寫本、宋刊本《說文解字》，頁 574。

2、器物形制

柷亦名「柷敔」，是一種木製的打擊樂器，段注：「〈樂記〉注曰：『柷敔、謂柷敔也。』」柷是一個形聲兼會意字，取以木合成而中空之意，唐寫本釋柷為柷，又以「樂器」補充說明，語意較為清楚。柷字「从木，空聲。」柷字「从木，祝省聲。」從柷、柷的聲音、意義上來看，兩者可能是同一桶狀打擊樂器。

（三）敔

金文	金文	金文	金文	金文	金文	小篆
🔣	🔣	🔣	🔣	🔣	🔣	🔣
毛公𤲃鼎	敔簋	攻敔王光戈	攻敔減孫鐘	梁伯敔簋	夫差劍	頁 127

《説文》段注：「🔣，禁也。與圄、禦音同。《釋言》：『禦、圄，禁也。』《説文》禦訓祀，圄訓守圉，所以拘罪人，則敔為禁禦本字，禦行而敔廢矣。古假借作御、作圄。**一曰，樂器柷敔也，形如木虎。**按，此十一字後人妄增也。〈樂記〉『柷敔』，注謂『柷敔也』，柷謂柷，敔謂敔，柷形如漆桶，敔狀如伏虎，不得併二為一。木部柷云『柷樂也』敔下不云『敔樂』者，敔取義於過，敔為過之假借耳。敔者所以止樂，故以敔名。上云禁也，已包此物，無庸別舉。用此知凡言『一曰』者，或經淺人增竄。**从攴，吾聲。**魚舉切，五部。」（頁 127）

1、字形說明

《金文編》中收錄不从攴，吾字重見的〈毛公𤲃鼎〉🔣 [註147]，也有吾字在左邊的〈敔簋〉🔣 [註148]，出土金文以後者為多，如：〈攻敔王光戈〉🔣、〈攻敔減孫鐘〉🔣，《新見金文編》 [註149] 中亦有西周中期梁伯敔簋、春秋晚期夫差劍上的敔字，小篆作🔣，形體上一脈相承，沒有太多變化。

[註147] 容庚，《金文編》，頁 329。

[註148] 容庚，《金文編》，頁 329。

[註149] 陳斯鵬、石小力等編，《新見金文編》（福州：福建人民出版社，2012 年 5 月），頁 105。

2、器物形制

敔與柷這兩種樂器的作用可能相反，所以古書上往往「柷敔」連文，如《尚書・虞書・益稷》曰：「下管鼗鼓，合止柷敔，笙鏞以閒，鳥獸蹌蹌。」唐代孔穎達正義提到：「鳥獸化德，相率而舞，蹌蹌然。」〔註150〕又馬融云：「鳥獸，箚篪也。」可見古代音樂開始時擊柷，表示音樂開始演奏；刮敔，表示為音樂終止演奏。

《爾雅・釋樂》：「所以鼓敔謂之籈。」郭璞注：「敔如伏虎，背上有二十七鉏鋙，刻以木，長尺。櫟（櫟，阮校改為擽）之，籈者其名。」〔註151〕刮敔的器具叫「籈」，以櫟木製成。敔的形制如伏虎，背上有一些雕刻的鋸齒狀，先秦實物尚未得見〔註152〕。「柷敔」於各代文獻記載不少，但具體的形象，卻只有清代實物存世，現在曲阜孔廟裡陳設有柷及敔的實物〔註153〕。

圖 4-14.1　宋《新定三禮圖》敔圖〔註154〕

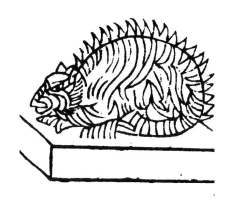

─────────────

〔註150〕漢・孔安國傳，唐・孔穎達等正義，《尚書正義》，頁 152。

〔註151〕晉・郭璞注，宋・邢昺疏，《爾雅注疏》，頁 176。

〔註152〕陳溫菊，《詩經器物考釋》，頁 90。

〔註153〕金家翔編繪，《中國古代樂器百圖》，頁 68。

〔註154〕宋・聶崇義，宋淳熙二年刻本，《新定三禮圖》，頁 84。

圖 4-14.2　清代樂器－敔

圖 4-14.3　故宮清代歷史畫《萬樹園賜宴圖》中敔的形象〔註155〕

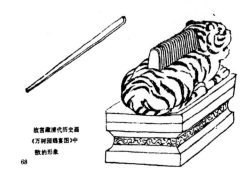

故宮藏清代歷史畫
《万树园賜宴图》中
敔的形象
68

四、石類樂器

（一）磬

甲骨文	甲骨文	甲骨文	古文	籀文	小篆
（字形）	（字形）	（字形）	（字形）	（字形）	（字形）
甲 1319	河 758	合集 317	頁 456	頁 456	頁 456

《說文》段注：「磬磬，石樂也。石樂各本作『樂石』，誤，今正。
樂下云：『五聲八音總名也。』瑟下云：『弦樂也。』簫、龥下皆云：
『管樂也。』則此當云『石樂』信矣。《匡謬正俗》所引巳作『樂
石』，其誤巳久。或疑『樂石』字見《秦繹山刻石》，不知與此無涉
也。彼謂可樂之石，此謂製石之樂。《白虎通》曰：『磬者，夷則之
氣也。』从石，句。𡉚象縣虡之形。各本𡉚作『殸』，上屬，今正。

〔註155〕金家翔編繪，《中國古代樂器百圖》，頁 68。

豈下云：『陳樂立而上見也。从中。』此『从中』，謂虡之上出可見者崇牙樹羽是也。一象枸之橫，丨象虡之植，𠀎象編磬係焉也。或曰𠀎象磬之股，丨象磬之鼓。磬之懸，股橫出而鼓直，凡言磬折者取象於此。程氏瑤田《通藝錄》言之詳矣。殳，所㠯擊之也。『所以』二字今補。說从殳之意。磬从石殳會意，而又象其形也。苦定切，十一部。古者毋句氏作磬。毋，各本作母，今正。〈明堂位〉注引《世本·作》曰：『無句作磬。』《風俗通》、《山海經注》、《廣雅》皆作『毋句』，古『無』『毋』通，句其俱反。殸𣪠，籀文。省。非籀省篆，乃篆加籀也。磬𥑒，古文从巠。各本篆體誤，今依《汗簡》正。〈樂記〉曰：『石聲磬，磬以立辨。』《史記·樂書》作『石聲硜，硜以立別』。蓋硜本古文磬字，後以爲堅确之意，是所謂古今字。《論語》：『子擊磬於衛。』下文既而曰：『鄙哉硜硜乎。』亦不以爲一字。要之，《論語》非不可作『鄙哉磬磬』也。《釋名》曰：『磬者、磬也。其聲磬磬然堅緻也。』」（頁 456）

1、字形說明

磬在甲骨文中異體極多，如不從石之𠂤，或從石之𣪠 [註 156]，象擊磬之形。如：王國維《史籀篇疏證》：「𣪠，殷墟卜辭，磬作𣪠，與籀文略同。𠂤即《說文》屵字，許云：『屵，岸上見也。』實則少象磬飾，𠂤象縣磬，與豈同意。𣪠與殸與鼓同意。」 [註 157] 羅振玉《增訂殷墟書契考釋·卷中》：「卜辭諸字从屮，象虡飾。𠂤象磬。𣪠持殳，所以擊之。形意已具。其从石者。乃後人所加。重複甚矣。」 [註 158] 觀乎出土之甲骨文，可知一開始只有从声从殳的殸，石的部件是後人所加，並非《說文》所說：「殸，籀文省」，段注所言良是。小篆作𥕁。

段注引《釋名》曰：『磬者、磬也。其聲磬磬然堅緻也。』與今本《釋名》「磬，罄也，其聲罄罄然堅緻也。」不同。

〔註 156〕中國科學院考古研究所編，《甲骨文編》，頁 385～386。

〔註 157〕王國維，《海寧王靜安先生遺書》第五冊（台北：臺灣商務印書館，1976 年 7 月），頁 2120。

〔註 158〕李圃主編，《古文字詁林》第八冊，頁 335～336。

人類祖先經過漫長的石器時代，石磬的出現時間很早，作爲打擊樂器，磬在新石器時代晚期已出現。故舊本《說文》解爲「樂石」，是說可以發出聲響的石頭。後來文明進步，磬成爲石製之樂器，故段氏改爲「石樂」，亦有其理。

2、器物形制

早期石磬係用石塊打制而成，表面粗糙，厚薄不均，形制不甚穩定，音高也不規則。如山西夏縣東下馮遺址出土的石磬似鯨魚頭狀，上部有孔，確實有打製的痕跡[註159]。河南偃師二里頭三號墓有石磬出土，相當於夏代中期，由青石打制而成，雖經磨制，但凹凸不平，各邊角都比較明顯[註160]。到了商代，磬的形式有兩種：一是呈現三角形，另一是呈現長條形[註161]。西周時期出土的石磬，數量很少，但形制頗有發展。到戰國時期編磬和編鐘、建鼓等樂器所組成的樂隊，曾達到曾侯乙墓出土物所顯示的規模[註162]。曾侯乙墓有三十二件的編磬出土，雖然大多數磬塊已經破碎無法敲擊，但數量空前，十分壯觀[註163]。磬也有玉製者，音質較佳，但需要大量的玉材，取得不易，一般還是以石材爲主[註164]。但磬的材料多元，除玉、石（石灰岩）之外，也有陶質、木質做爲明器使用，後世還出現過銅鐵質的磬[註165]。

出土的磬，懸掛於虡，以便敲擊。發音因磬的大小、厚度不同而不同，大而薄，音便低而濁；小而厚，音便高而清[註166]。有單獨一件的「特磬」，有數件組成的「編磬」。在祭祀、宴飲、賓射以及殉葬的場合都可使用。故常在古墓出現。周代最常見的磬，正如《周禮‧考工記》所言，作「倨句形」。也有上作倨句形，下部微弧或近於直線，有的上下均作倨句形，到了戰國，大致多是折矩之形，形如曲尺[註167]。所以人之舉止，背部下屈，與腰、腿

〔註159〕陳溫菊，《詩經器物考釋》，頁84～85。

〔註160〕王子初，《中國音樂考古學》，頁90。

〔註161〕陳志達，《殷墟》（北京：文物出版社，2007年），頁221～222。

〔註162〕王永紅、陳成軍，《古器物鑑賞》（台北：文津出版社，2004年），頁366。

〔註163〕譚維四，《曾侯乙墓》（北京：文物出版社，2001年），頁111。

〔註164〕陳溫菊，《詩經器物考釋》，頁85。

〔註165〕聞人軍，《考工記譯注》（上海：上海古籍出版社，1993年），頁67。

〔註166〕揚之水，《詩經名物新證》（北京：古籍出版社，2000年2月），頁350。

〔註167〕陳溫菊，《詩經器物考釋》，頁86。

成 90 度者稱「磬折」。下圖〔註 168〕爲陝西周原召陳乙區遺址編磬之一。

圖 4-15.1　陝西周原召陳乙區遺址編磬之一

第二節　弦樂器

絲類樂器主要是指撥弦樂器，最早的撥弦樂器應該是弓弦，箭射出後，弓弦顫動的聲音清脆悅耳，於是啓發先民的靈感，將弦懸起安裝在木上，就形成最原始的絲類樂器了。《說文》的絲類樂器有琴、瑟、筑和箏四個字，絲類樂器依弦數多寡順序來排，從少排到多，分別爲筑、琴、箏、瑟。

（一）筑

甲骨文	睡虎地秦簡文字編	睡虎地秦簡文字編	小篆
𦕑	筑	筑	筑
	日甲 142 背	日乙 125	頁 200

《說文》段注：「筑，𥌓竹曲五弦之樂也。『以竹曲』，不可通。《廣韻》作『以竹爲』，亦繆。惟〈吳都賦〉李注作『似箏，五弦之樂也』近是。箏下云：『五弦，筑身。』然則筑似箏也。但高注《淮南》曰：『筑曲二十一弦。』可見此器系呼之名『筑曲』。《釋名》：『筑、以竹鼓之也。』《御覽》引《樂書》云：『以竹尺擊之，如擊琴然。』今審定其文，當云『筑曲，以竹鼓弦之樂也。』高云

〔註 168〕王子初，《中國音樂考古學》，頁 169。

『二十一弦』,《樂書》云『十三弦』,筑弦數未審。古者箏五弦,《說文》殆筑下『鼓弦』與箏下『五弦』互譌耳。箏下云『筑身』,則筑下不必云『似箏』,恐李善亦昧於筑曲而改之。**从巩竹。持而擊之也。巩,持之也。**《樂書》曰:『項細肩圓,鼓法以左手扼項,右手以竹尺擊之。』《史》云『善擊筑者高漸離。』**竹亦聲。**張六切,三部。」(頁200)

1、字形說明

在《古文字詁林中》雖無收錄甲骨文和金文,但陳漢平認爲:

> 甲骨文有地名字作 𦥑,舊未釋,《甲骨文編》入於附錄。其認爲筑字工傍不爲聲符,字以廾爲形符,以竹爲聲符。故甲骨文 𦥑 字當釋爲筑,字象人以手持竹制樂器狀[註169]。

依陳漢平的說法,雖有其理,但甲骨文此字並無人手執竹尺(工)擊樂器之形象,是否爲筑字,尚可商榷。金文尚未出土相關字形。又《睡虎地秦簡文字編》[註170],**筑**(日甲一四二背)、**筑**(日乙一二五),從竹,從巩,是爲會意字,與小篆字形十分相似。小篆的筑字作 **筑**,爲一個跪著的人手執工敲擊的形象,竹字頭爲後加入之形符。

2、器物形制

《說文》釋筑:「以竹曲五弦之樂也。」可知其爲五弦的樂器。又段注中引《樂書》:「以竹尺擊之,如擊琴然,審定其文,當云筑曲以竹鼓弦之樂也。……項細肩圓,鼓法以左手扼項,右手以竹尺擊之。」進一步明白其爲古代一種用竹尺敲擊的樂器,不是以手撥弦。《釋名·釋樂器》:「筑,以竹鼓之,巩秘之也。」[註171]可見筑爲竹之敲擊樂器,但此種樂器今已失傳,只能依文獻資料推測。《戰國策·齊策·蘇秦爲趙合從說齊宣王》中曾提到「臨淄甚富而實,其民無不吹竽、鼓瑟、擊筑、彈琴、鬥雞、走犬、六博、蹹踘者」[註172],但戰國筑的實物尚未出現,應是以木頭爲材料較易腐敗之故。

[註169] 陳漢平,《屠龍絕緒》(哈爾濱:黑龍江教育出版社,1989年),頁72~73。

[註170] 張守中,《睡虎地秦簡文字編》,頁68。

[註171] 漢·劉熙撰,清·畢沅疏證,《釋名疏證》(台北:廣文書局,民國60年),頁52

[註172] 東漢·高誘注,《戰國策》(台北:商務印書館,民國22年),頁76。

　　1973 年湖南長沙馬王堆三號漢墓出土了筑的實物〔註173〕，廣西貴縣羅泊灣也曾出土實心殘筑一段，墓中有《從器志》載有「越筑」一件，表明此樂器爲筑，且是越地之樣式〔註174〕。這兩件樂器均是明器〔註175〕。1993 年，湖南省長沙市文物工作隊發掘了長沙市河西望城坡古坟垸西漢早期長沙王墓室，雖已被盜掘，不過也出土了不少珍貴器物，其中音樂相關的文物有瑟、筑共 3 件，且五弦琴是爲較完整的出土物，同時也是實用樂器的標本〔註176〕。1973 年出土於江蘇省連雲市疃莊附近的侍其繇墓的漆食奩上，有一幅彩漆擊筑圖〔註177〕，馬王堆一號墓彩繪棺的左側，也有一幅神人擊筑圖。東漢之筑僅在河南新野出土的畫像磚見過一例。可見筑是戰國時期在中原地區新出現的一種擊弦樂器，在趙、齊兩國，甚至是越地都頗流行，後來流傳至漢代，甚至拿來用於殉葬。

圖 4-16.1　湖南長沙馬王堆三號漢墓出土筑〔註178〕

圖 4-16.2　廣西貴縣羅泊灣出土實心殘越筑〔註179〕

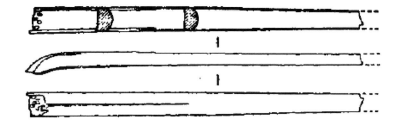

〔註173〕湖北省博物館編，《長沙馬王堆二三號漢墓　第一卷　田野考古發掘報告》，頁 182。

〔註174〕王子初，《中國音樂考古學》，頁 337。

〔註175〕專門用於殉葬的模型器，不能用作實際使用的器皿稱爲明器，又作冥器。

〔註176〕王子初，《中國音樂考古學》，頁 335～336。

〔註177〕王子初，《中國音樂考古學》，頁 339。

〔註178〕湖北省博物館編，《長沙馬王堆二三號漢墓　第一卷　田野考古發掘報告》，圖版
　　　　八三。

〔註179〕王子初，《中國音樂考古學》，頁 337。

圖 4-16.3　長沙市河西望城坡古坟垸五弦筑〔註 180〕

圖 4-16.4　連雲市侍其繇墓漆食奩彩漆擊筑圖〔註 181〕

圖 4-16.5　馬王堆一號墓彩繪棺神人擊筑圖〔註 182〕

〔註 180〕王子初，《中國音樂考古學》，頁 338。

〔註 181〕王子初，《中國音樂考古學》，頁 339。

〔註 182〕王子初，《中國音樂考古學》，頁 340。

圖 4-16.6　河南新野畫像磚擊筑圖〔註 183〕

（二）琴（珡）

古文	小篆

頁 639	頁 639

《説文》段注：「珡，禁也。禁者，吉凶之忌也。引申爲禁止。《白虎通》曰：『琴，禁也。以禁止淫邪，正人心也。』此疊韵爲訓。神農所作。《世本》文也。《宋書・樂志》曰：『琴，馬融〈笛賦〉云宓羲造，《世本》云神農所造也。瑟，馬融〈笛賦〉云神農造，《世本》云宓羲所造也。』按《風俗通》、《廣雅》皆同《世本》，季長説誤。《山海經》郭傳引《世本》『伏羲作琴，神農作瑟』，恐系轉寫舛錯。洞越。句。練朱五弦，洞，當作迵，迵者，通達也。越，謂琴瑟底之孔。迵孔者，琴腹中空，而爲二孔通達也。越音活，或作趏。『練朱五絃』者，〈虞書〉傳曰：『古者帝王升歌清廟之樂，大琴練弦。』葢練者其質，朱者其色。鄭注〈樂記〉『清廟之瑟朱弦』云：『練朱弦也，練則聲濁。』五者，初制琴之弦數。周時加二弦。文王、武王各加一弦。象形。象其首身尾也，上圓下方，故象其圓。巨今切，七部。凡珡之屬皆从珡。鍪鑫，古文珡从金。以金形聲字也。今人所用琴字，乃上从小篆、下作今聲。」（頁 639）

1、字形説明

珡即琴字，琴（珡）字小篆作珡，古文作鑫，從金。王筠認爲是背面型。

〔註 183〕孫機，《漢代物質文化資料圖説》，頁 442。

「 🦴 象其首及仙人肩，🦴 下之二畫，蓋雁柱也。直者二則七弦分繫於雁柱也。上之橫者四，蓋兼正面之臨岳象之。」〔註184〕珡字是琴端部按線處的形狀，今是後來加上的聲符。珡字在《古文字詁林》中沒有收錄甲骨文、金文。但孫詒讓認爲金文瑟中狂卣「瑟」字作🦴，上半與珡字相邇，下似從皿，則疑是血之省。🦴改彝云：「哭服 🦴🦴」，當讀爲服珡瑟……亦古文之省變〔註185〕。其它古文字學家均無此說法，可聊備一格。

2、器物形制

從文獻材料看來，琴是很早就出現的，《禮記‧樂記》提到的「昔者舜作五弦之琴，以歌《南風》。」〔註186〕很可能是事實，這說明了琴在三代前已存在。但因爲使用竹木類材質，所以不易長久保存，出土文物極少。琴弦的數量一直是一個未知的謎，琴一般十絃以下，傳統的說法認爲琴起初只有五根弦（《禮記‧樂記》），後來增加爲七根弦（《風俗通義》），歷代所傳大量琴譜都是七弦爲多〔註187〕。《說文》提到的「練朱五弦……周時加二弦。」段玉裁認爲「文王、武王各加一弦。」（頁639）「練朱五弦」不知是否即曾侯乙墓所出土的均鐘（五弦琴），戰國中期的湖北荊門郭店出土的則是七弦琴〔註188〕。《爾雅‧釋樂》：「大琴謂之離。」注云：「或曰琴大者二十七弦，未詳長短。《廣雅》云：『琴長三尺六廿六分，五弦。』。」〔註189〕《爾雅》指出琴有大小之別，《禮記‧明堂位》：「拊搏玉磬揩擊，大琴大瑟，中琴小瑟，四代之樂器也。」〔註190〕知琴的確有大小之分，但弦數目的多少，也未知其詳〔註191〕。目前根據歷代出土文物所見，一般仍以七弦爲多，如：湖北荊門郭店一號及湖南長沙五里牌等戰國中、晚期楚墓均出七弦琴，超過十弦者爲數極少，如

〔註184〕清‧王筠，《說文釋例》（武漢：世界書局，1983年4月），頁83。

〔註185〕李圃主編，《古文字詁林》第九冊（上海：上海教育出版社，2001年12月01日），頁997。

〔註186〕漢‧鄭玄注，唐‧孔穎達等正義，《禮記正義》，頁1281。

〔註187〕孫機，《漢代物質文化資料圖說》，頁441～442。

〔註188〕王子初，《中國音樂考古學》，頁236～241。

〔註189〕晉‧郭璞注，宋‧邢昺疏，《爾雅注疏》，頁171。

〔註190〕漢‧鄭玄注，唐‧孔穎達等正義，《禮記正義》，頁1103～1104。

〔註191〕陳溫菊，《詩經器物考釋》，頁101。

1978 年，湖北隨州戰國曾侯乙墓，即爲十弦琴。

　　因打擊是絃樂傳統演奏法，西周文獻常用鼓字描寫演奏動作，如《詩經・常棣》：「妻子好合，如鼓瑟琴。」〔註192〕直到春秋戰國後才漸漸改爲彈撫形式。在《風俗通義・聲音》裡，「雅琴者，樂之統也，與八音並行。」〔註193〕琴爲八音之統，是因商代時能奏多音程的僅管樂及絃樂，管樂定音太複雜，絃樂則容易些，故用絃樂定其他樂器的音較易行。

圖 4-17.1　湖北隨州戰國曾侯乙墓，十弦琴〔註194〕

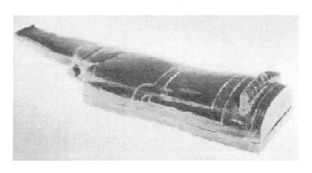

圖 4-17.2　1993 年，湖北荊門郭店村戰國墓，長 82.1 釐米，七弦琴

（三）箏

小篆
箏
頁 200

　　《說文》段注：「箏　箏，五弦筑身樂也。各本作『鼓弦竹身』，不可通。今依《太平御覽》正。《風俗通》曰：『箏，謹按：〈樂記〉；五

<hr />

〔註192〕漢・毛公傳，唐・孔穎達等正義，《毛詩正義》，頁 670。

〔註193〕漢・應劭，《風俗通義》，《欽定四庫全書》本，卷六，頁 71。

〔註194〕湖北省博物館編，《隨縣曾侯乙墓》，圖版三二。

弦筑身也。』今幷、梁二州箏形如瑟，不知誰所改作也。或曰，秦
蒙恬所造。」據此，知古箏五弦，恬乃改十二弦，變形如瑟耳。魏
晉以後，箏皆如瑟十二弦，唐至今十三弦。筑似箏細項，古筑與箏
相似，不同瑟也。言筑身者，以見形如瑟者之非古也。言五弦筑身
者，以見箏之弦少於筑也。《宋書·樂志》改筑身爲『瑟身』，誤矣。
从竹，筑本竹聲，故从竹，卽从筑省也。筑、箏皆木爲之。**爭聲。**
側莖切，十一部。」（頁 200）

1、字形說明

箏字，小篆作从竹，爭聲的𥱰。筑固然爲木製，但其演奏則「以竹尺擊
之」，故「从巩、竹，竹亦聲」（頁 200）。箏既然與筑相似，則其从竹固無可
疑。段注必謂「从竹，卽从筑省」，未免牽強。可能是許書常有省形、省聲之
例，故段氏受其影響而生此說。

2、器物形制

箏爲一種似「筑」的樂器，用手指撥彈的樂器。據文獻來看，中原地區
的箏也到戰國時期才出現，關東六國喜愛「筑」，而秦國流行「箏」，傳說秦
國的蒙恬將軍對箏有所改造，段玉裁注云：「古箏五弦，恬乃改十二弦。」由
五弦琴改成十二弦琴，名之爲「秦箏」。但傅玄〈箏賦序〉：「以爲蒙恬所造，
今觀其器，上崇似天，下圓似地，中空準六合，弦柱擬十二月，設之則四象
在，鼓之則五音發，斯乃智仁之器，豈蒙恬亡國之臣所開思哉？」〔註 195〕則
否定蒙恬所造的傳說。李斯的〈諫逐客書〉中提到：「夫擊甕叩缶、彈箏搏髀，
而歌呼嗚嗚快耳目者，眞秦之聲也；鄭、衛桑間、韶虞、武象者，異國之樂
也。」〔註 196〕可見「擊甕叩缶、彈箏搏髀」才是「眞秦之聲」。

箏是中國較古的樂器，目前出土的箏十分稀少。江西貴溪崖墓出土的兩件
古箏，墓主是南方古越民族，年代當爲春秋晚期至戰國早期，較秦箏爲早。而
年代推斷爲戰國時期的江蘇吳縣長橋古箏（如圖 4-18.3），爲吳人所使用的樂
器，從形制上來看，兩地之箏造型幾乎一致，只是弦數差一根，長橋古箏爲十
二弦琴，貴溪崖墓古箏有十三個孔，應爲十三弦琴。而年代上長橋古箏較貴溪

〔註 195〕宋·李昉等撰，《太平御覽》卷 576（台北：明倫出版社，1975 年），頁 2982。
〔註 196〕漢·司馬遷撰，《史記·李斯列傳》（北京：中華書局，1959 年 9 月），頁 2544。

崖墓古箏晚一些。至於「秦箏」及「漢箏」目前尚未看見出土實物。但成都東漢墓畫像磚（見圖五）中所繪之箏的腹面作弧形凸起，底背平，此時瑟亦爲圓腹，段注中所說「箏……今幷梁二州箏形如瑟」，合乎實際狀況。

圖 4-18.1　春秋晚期至戰國早期・江西貴溪崖 2 號墓出土古箏〔註 197〕

圖 4-18.2　春秋晚期至戰國早期・江西貴溪崖 3 號墓出土古箏〔註 198〕

圖 4-18.3　戰國・江蘇吳縣長橋古箏〔註 199〕

圖 4-18.4　東漢・成都天迴山厓墓出土陶箏〔註 200〕

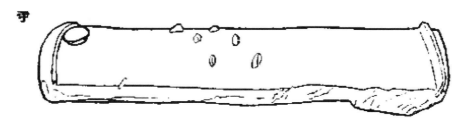

〔註 197〕王子初，《中國音樂考古學》，頁 244。

〔註 198〕王子初，《中國音樂考古學》，頁 245。

〔註 199〕王子初，《中國音樂考古學》，頁 246。

〔註 200〕孫機，《漢代物質文化資料圖說》，頁 442。

圖 4-18.5　東漢‧成都東漢墓畫像磚〔註201〕

（四）瑟

楚文字	楚文字	古文	小篆
旡	瑟	𤨝	瑟
楚‧曾箱漆書	楚‧包260	頁640	頁640

《說文》段注：「瑟瑟，庖犧所作弦樂也。弦樂，猶磬曰石樂。清廟之瑟，亦練朱弦。凡弦樂以絲爲之，象弓弦，故曰弦。《淇奧》傳曰：『瑟，矜莊貌。』《旱麓》箋曰：『瑟，絜鮮貌。』皆因聲叚借也。瑟之言肅也。《楚辭》言『秋氣蕭瑟』。从珡，琴之屬，故从琴。必聲。所櫛切，十二部。𤨝，古文瑟。玩古文琴、瑟二字，似先造瑟字，而琴從之。」（頁640）

1、字形說明

段注云：「玩古文琴、瑟二字，似先造瑟字，而琴從之。」依段玉裁說，瑟所從𤨝即是𤨝，從金得聲。從古文中可推測，先有瑟字，琴字才以「瑟」爲形符、「金」爲聲符組合造成，是「瑟形金聲」的形聲字。在《古文字詁林》中並沒有收錄瑟字甲骨文、金文，但唯有劉國勝認爲包山楚簡及璽印諸字和漆文「旡」當釋爲瑟。則漆文「鈦」應即是琴。〔註202〕其它古文字學家均無此說法。《說文新證》中收錄戰國楚文字瑟數枚：如楚國〈曾侯乙墓〉箱漆書旡、〈包山楚簡〉260瑟。並推斷其字初文六書不詳，瑟爲形聲字〔註203〕。又，

〔註201〕孫機，《漢代物質文化資料圖說》，頁442。

〔註202〕李圃主編，《古文字詁林》第九冊，頁999～1000。

〔註203〕季旭昇，《說文新證》，頁202。

出土實物中瑟較琴之出土物來得多。或許可以反映出創造「琴」與「瑟」兩個字的那個年代，瑟是比琴普遍通行的。小篆作瑟，古文作瑟。琴字，古文作琴，從金。

2、器物形制

《說文》瑟字解釋中，並未對瑟的形制有任何描述，在《漢書‧郊祀志上》云「泰帝使素女鼓五十弦瑟，悲，帝禁不止，故破其瑟爲二十五弦。」[註204] 故李商隱〈錦瑟〉詩云：「錦瑟無端五十弦，一弦一柱思華年。」而《三禮圖》卷五：「雅瑟、頌瑟之分，雅瑟長八尺一寸，寬一尺八寸，二十三弦；頌瑟長七尺二寸，寬一尺八寸，二十五弦，廟樂皆用。」[註205] 可見各朝各代所使用的瑟，形制可能稍有不同。

琴、瑟是較晚發展的絃樂，主爲娛樂而非廟堂所用。兩者形狀有異，琴窄而瑟寬，繫絃法也不同，但主要差異在絃數，琴少瑟多。

瑟的出土實物較琴來得多，主要被發現於湖北、湖南、河南等古代楚國範圍，可見瑟是流行於南方的樂器。由考古實物證明，的確有大瑟、小瑟之分，一般常見有 19、21、23、24、25 弦，出土的古瑟雖然有大小之別，弦數亦有差異，但在形制上是相當一致的，瑟體多用整木斫成，瑟面稍隆起，體中空，體下嵌底板。瑟面首端有一長岳山，尾端有三個短岳山；在尾端還裝有四個繫弦的枘。首尾岳山外側各有相對應的弦孔；另有木質瑟柱，置於弦下。瑟上多飾有精美的刻紋及彩繪[註206]，可知當時對於禮樂的重視。

圖 4-19.1　1958 年河南信陽長檯關二號墓出土大瑟，二十五弦[註207]

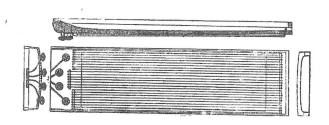

〔註204〕漢‧班固撰，王先謙補注，《漢書補注》（台北：藝文印書館，1996 年），頁 552。

〔註205〕宋‧聶崇義，宋淳熙二年刻本，《新定三禮圖》，頁 80。

〔註206〕王子初，《中國音樂考古學》，頁 247～248。

〔註207〕轉引自陳溫菊，《詩經器物考釋》，頁 103。

圖 4-19.2　1978 年湖北隨州戰國曾侯乙墓出土彩繪髹漆木瑟〔註 208〕

圖 4-19.3　《三禮圖》頁 80

第三節　管樂器

一、竹類樂器

　　竹類樂器主要是指竹製吹奏樂器，這類樂器的起源很古老，最原始的吹奏方式是吹口哨，或是放一片葉子、竹片在口中，吹出聲音，後模仿吹口哨而製成竹哨、竹笛。先民受笛的啓發，將竹管排列起來各爲音孔，總合在一起製一吹孔，就是笙、竽一類的樂器〔註 209〕。笙、竽於古書中既爲竹類樂器，又爲匏類樂器，這是因爲其管狀部分爲竹子所製，但底座部分卻爲葫蘆（匏類）所造，故古屬八音中的匏類樂器〔註 210〕，又簧爲笙竽之振動發音部位，故本論文將其歸在匏類樂器中。顧炎武《日知錄》卷五：「今之大樂，久無匏、土二音。而八音但有其六矣。」黃汝成集釋注云：「《舊唐書・音樂志》：『笙，女媧氏造，列管于匏上，內簧其中。今之笙竽並以木代匏而漆之，無匏音矣。』宋・葉少蘊《避暑錄話》：『大樂舊無匏、土二音。笙以木刻其本，而不用匏。

〔註 208〕湖北省博物館編，《隨縣曾侯乙墓》，圖版三〇。

〔註 209〕黃宇鴻，《說文解字與民俗文化研究》，頁 211。

〔註 210〕陳溫菊，《詩經器物考釋》，頁 94。

塤亦木爲之。』《元史》:『匏以斑竹爲之。』」〔註211〕先秦、兩漢匏類樂器固然尚未消失,但因匏、竹容易腐爛,所以出土文物爲數不多。

(一)龠(龠)

龠字甲骨文	龠字金文	龠字金文	睡虎地秦簡	龠字小篆	籥字小篆
751	0304 不从亼散盤	臣辰盉	籥法30,通鑰	頁192	頁85

《說文》段注:「龠,樂之竹管。此與竹部籥異義。今經傳多用籥字,非也。三孔,孔同空。按,《周禮·笙師》、《禮記·少儀》、〈明堂位〉鄭注、《爾雅》郭注、應氏《風俗通》皆云『三孔』,惟毛傳云『六孔』,《廣雅》云『七孔』。呂和衆聲也。和衆聲,謂奏樂時也。萬舞時祇用龠以節舞,無他聲。从品龠。惟以和衆聲,故從品。龠、理也。亼部曰:『龠,思也。』按,思猶緦。緦理一也。〈大雅〉:『於論鼓鍾。』《毛傳》曰:『論,思也。』鄭曰:『論之言倫也。』毛、鄭意一也。從龠,謂得其倫理也。以灼切,二部。凡龠之屬皆从龠。」(頁85)

《說文》段注:「籥,書僮竹笘也。笘下曰:『潁川人名小兒所書寫爲笘。』按,笘謂之籥,亦謂之觚,蓋以白堊染之,可拭去再書者。其拭觚之布曰幡。从竹,龠聲。以灼切,二部。按,管龠字與此別。」(頁192)

1、字形說明

《甲骨文字詁林》龠作𤰔、𤰔(751)〔註212〕,王襄認爲「古龠字,許說樂之竹管,三孔以和衆聲,从品、亼。」又其字形似兩單管捆合一束的管樂器形。《金文編》中,〈散盤〉作不从亼的𤰔 ,〈臣辰盉〉作𤰔〔註213〕。《睡

〔註211〕清·顧炎武著,黃汝成集釋,欒保群、呂宗力校點,《日知錄集釋·全校本》(上海:上海古籍出版社,2006年版),頁291。

〔註212〕于省吾,《甲骨文字詁林》第一冊,頁733。

〔註213〕容庚,《金文編》,頁125。

虎地秦簡文字編》作🔣（龠法三〇三例，通鑰，抉｜，法三〇），龠小篆作🔣，籥字小篆作🔣。

　　段注：「此與竹部籥異義，今經傳多用籥字。非也。」龠爲竹管樂器，籥則爲書寫用竹片，原是完全不同的意義，但因籥字從龠得聲，籥常假借爲「龠」，故龠、籥二字有密切的關係。

2、器物形制

　　1986 年在河南舞陽賈湖遺址出土了十六件骨質樂管，將其定名爲舞陽賈湖骨笛，然此器物與笛的形制完全相悖，是無吹孔、無膜孔的斜吹樂管，這種骨質樂管有可能爲中國古龠初始形制。那麼，也就可以解釋龠字的變化原因，是依據器物由骨制演進爲竹製的變化而變更的。在舞陽賈湖骨笛的正名上，劉正國做了詳細的論證，並撰寫了文章《笛乎？籥乎？龠乎？—爲賈湖遺址出土的骨質斜吹樂管考名》，使得這一受世人矚目的文化遺產名正言順〔註214〕。

　　龠是遠古簧管樂器，中國最早的樂器之一，由於年代久遠，現已失傳，目前又無出土實物，唯甲骨文、金文中的象形龠字可表明龠是編管竹樂器。在以竹管製成的管樂器中，龠是比較原始的一種，《說文》段注中開宗明義說：「龠，此與竹部籥異義。今經傳多用籥字，非也。」龠、籥於經典中誤用，應爲通叚字。《禮記·仲尼燕居》：「下管《象》、《武》，《夏》籥序興，陳其薦俎，序其禮樂，備其百官。」注云：「《象》、《武》武舞也。《夏》籥，文舞也。」〔註215〕可見籥在夏代應該就開始流行，《爾雅·釋樂》：「大籥謂之產，其中謂之仲，小者謂之箹。」郭璞注云「籥如笛，三孔而短小。」〔註216〕《經典釋文》：「《廣雅》云：『七孔』、《周禮》鄭注：『三空』、《詩·毛傳》：『六孔』，所見異也。」〔註217〕漢代畫像石中直吹的短管形樂器，或即龠。有的古文字學家依字形立論，認爲龠是像排簫一樣的多管樂器，或認爲是笙之初形說，然無出土實物佐證，僅可備一說。龠與漢代所稱羌笛相類〔註218〕。

〔註214〕柏雲鵬，〈古龠探說〉，http://rongrachel.limewebs.com/gulun.html

〔註215〕漢·鄭玄注，唐·孔穎達等正義，《禮記正義》，頁 1619。

〔註216〕晉·郭璞注，宋·邢昺疏，《爾雅注疏》，頁 175。

〔註217〕晉·郭璞注，宋·邢昺疏，《爾雅注疏》，頁 175。

〔註218〕孫機，《漢代物質文化資料圖說》，頁 437。

龠，為古代舞蹈中常常使用的樂器，在古文獻中，有一些「執籥跳舞」的
記錄，如《周禮・籥師》：「籥師：掌教國子舞羽吹龠。祭祀，則鼓羽籥之舞；
賓客、饗食，則亦如之。」〔註219〕凡祭祀、賓客饗宴之時，必有羽籥之舞，就
是一手執羽，一手執籥，邊吹邊舞的舞蹈。《詩經・邶風・簡兮》：「左手執籥、
右手秉翟。」〔註220〕《經典釋文》云：「籥，長三尺，執之以舞。」就是此種
執籥跳舞最好的證明。

圖 4-20.1　漢代畫像石吹籥圖〔註221〕

（二）管

古文四聲韻	說文或體	小篆
	頁 199	頁 199

《說文》段注：「管，如篪，六孔。篪有七孔，見大鄭《笙師》注。
管之異於篪者，孔六耳。賈逵、大鄭、許君、應劭《風俗通》、蔡
邕《月令章句》、張揖《廣雅》皆云：『如篪，六孔。』惟後鄭《周
禮》注、《詩》箋云：『如篴而小，併兩而吹之。今大予樂宮有焉。』
十二月之音，物開地牙，故謂之管。《風俗通》曰：『管，漆竹，長
一尺，六孔。十二月之音也。物貫地而牙，故謂之管。』『物開地
牙』四字有脫誤，當作『物貫地而牙』。貫、管同音，牙、芽古今

〔註219〕漢・鄭玄注，唐・賈公彥疏，《周禮注疏》，頁 740。

〔註220〕漢・毛公傳，唐・孔穎達等正義，《毛詩正義》，頁 192

〔註221〕孫機，《漢代物質文化資料圖說》，頁 438。

字。古書多云『十一月物萌，十二月物牙，正月物見』也。**从竹，官聲。**古滿切，十四部。珚，古者管呂玉。此句今正。舜之時，西王母來獻其白珚。見《大戴禮》、《尚書大傳》。前零陵文學姓奚，於泠道舜祠下得笙玉珚。……夫呂玉作音，故神人呂和。鳳皇來儀也。《風俗通》同。**从王，官聲。**按，此疑出後人用《風俗通》沾綴許書，祇當云『古者管以玉，或从玉』。」（頁 199）

1、字形說明

管字《古文四聲韻》作龤〔註222〕，小篆作从王，官聲的管，《說文》或體作从玉的珚。于省吾在〈利簋銘文考釋〉〔註223〕一文中認爲，古文無管字，管爲後起的借字，認爲从柬、从閒、从官之字同屬見紐，又係疊韻，故知齎、蘭、籥或柬爲管之初文。後世管字通行而古文遂廢而不用。

2、器物形制

《說文》釋管爲六孔，與七管的籥形制相同，僅是孔數有別，《爾雅·釋樂》：「大管謂之簥，其中謂之篞，小者謂之篎。」〔註224〕將管分爲大、中、小三名。郭璞注曰：「賈氏以爲如篪，六孔。」〔註225〕可知賈逵亦認爲管爲單管樂器。《廣雅》謂「管，象簫長尺圍寸，六孔無底。」〔註226〕「簫，以竹爲之，長尺四寸，有八孔。」〔註227〕賈公彥《周禮疏》引《禮圖》則謂「九孔」。大抵來說，七孔應爲較早的形制，其長約尺四寸〔註228〕。

曾侯乙墓出土物中，發現兩枝似篪的竹管樂器，共七孔，吹孔與按音孔不在同一平面上，竹管兩端封閉，比照文獻記載，似篪又似管，實物圖請看本節之「篪」字圖一。馬王堆一號墓中所出明器竽律（圖 4-21.1），竹製，共十二管，管上有墨書的十二律名稱。由於是陪葬用的明器，故其尺度及音高均不符合要

〔註222〕宋·夏竦編《古文四聲韻》（北京：中華書局，1983 年 12 月第 1 版），頁 42。
〔註223〕《文物》1977 年，第八期。
〔註224〕晉·郭璞注，宋·邢昺疏，《爾雅注疏》，頁 175。
〔註225〕晉·郭璞注，宋·邢昺疏，《爾雅注疏》，頁 175。
〔註226〕清·王念孫，《廣雅疏證》（北京：中華書局，1983 年），頁 279。
〔註227〕清·王念孫，《廣雅疏證》，頁 278。
〔註228〕曾永義，《儀禮樂器考》，頁 98～99。

求。在《漢書·律曆志》中提到十二律管的制作方式:「其法皆用銅」、「凡律、度、量、衡用銅者,名自名也,所以同天下,齊風俗也。銅爲物之至精,不爲燥溼寒暑變其節,不爲風雨暴露改其形,介然有常,有似於士君子之行,是以用銅也。用竹爲引者,事之宜也。」〔註229〕實用的律管存世者,目前只有上海博物館所出新莽無射律管一支(圖 4-21.2),銅製,下半已殘缺。可知漢代的律管有竹製和銅製兩種〔註230〕。

圖 4-21.1:上海博物館所出新莽無射律管〔註231〕

圖 4-21.2:馬王堆一號墓中所出明器竽律〔註232〕

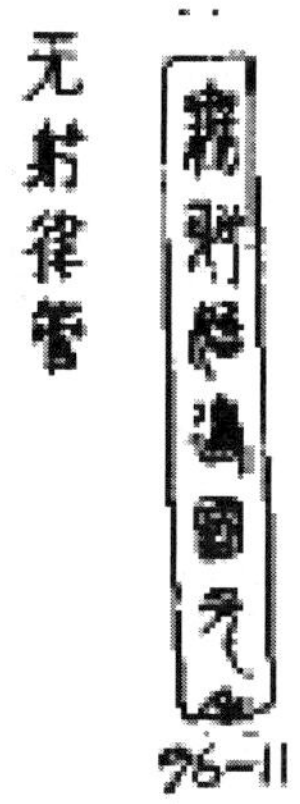

〔註229〕漢·班固撰,王先謙補注,《漢書補注》,頁 403。

〔註230〕孫機,《漢代物質文化資料圖説》,頁 439〜440。

〔註231〕孫機,《漢代物質文化資料圖説》,頁 438。

〔註232〕孫機,《漢代物質文化資料圖説》,頁 438。

（三）簫

金文	小篆
■	簫
龢鎛	頁 199

《説文》段注：「簫簫，參差管樂。言管樂之列管參差者。竽笙列管
雖多，而不參差也。《周禮・小師》注：『簫，編小竹管，如今賣飴
餳所吹者。』《周頌》箋同。《廣雅》云：『大者二十三管，小者十六
管。』王逸注《楚辭》云：『參差洞簫也。』**象鳳之翼**。排其管相對
如翼。**从竹，肅聲**。《釋名》：『簫，肅也。其聲肅肅而清也。』穌彫
切，古音在三部。」（頁199）

1、字形説明

簫字金文作〈龢鎛〉 ■〔註233〕，小篆作从竹，肅聲的簫。

2、器物形制

《爾雅・釋樂》：「大簫謂之言，小者謂之筊。」郭璞注曰「編二十三管，
長尺四寸。十六管，長尺二寸。」〔註234〕大簫爲言，有二十三管，小簫爲筊，
有十六管。《廣雅・釋樂》「籟謂之簫，大者二十四管，小者十六管，有底。」
〔註235〕管數與段注所引之二十三管不相符，段注之《廣雅》之説反而與《爾
雅注》相同，或許段玉裁係憑記憶作注，故有出入。雖管數不同，但簫爲若
干長短不同的竹管編排而成應是無誤的。

簫是編管樂器，我國早在商代墓葬中即發現骨簫〔註236〕，出現的很早，
它發現於世界上很多古文化中。1997 年河南省考古研究所發掘了該省的鹿邑
縣太清宮遺址上的一座西周初年的墓葬。墓中出土了大批商末周初時代的文
物，其中銅禮器上多帶有「長子口」三字，應爲墓主之名，可以稱作「長子
口墓」。墓中出土五件排簫，應爲商代的文物，長子口排簫的出土，將這種歷

〔註233〕戴家祥，《金文大字典》，頁 3683

〔註234〕晉・郭璞注，宋・邢昺疏，《爾雅注疏》，頁 174。

〔註235〕清・王念孫，《廣雅疏證》，頁 279。

〔註236〕王貴元，《漢字與歷史文化》，頁 75～76。

史上重要吹管樂器流行的時代，至少往前提到商代晚期。1978 年河南淅川省倉房鄉下寺一號春秋墓出土了一件石簫，各管均能吹出高低不同的樂音，由 13 個音管排列組成的玉石排簫，是中國目前發現的同類文物中年代最早的一件。1978 年湖北隨縣曾侯乙墓出土兩件竹簫，皆用苦竹製成，形制相同，大小略異，用十三根長短大小依次遞減的細竹管併列，再用剖開的細竹管分三道纏縛而成。兩件簫相應的簫管長短不一，說明音階各異。其中一件尚能吹出聲音，爲中國第一次出土的排簫〔註237〕。簫體呈鳥翼狀，下端有竹節未透，用作自然封底。此簫出土時，尚有八個簫管能吹出樂音，可知它們不是按十二律及其順序排列，音列至少六聲音階結構。據文獻記載，古簫多用蠟封底，而不封底者又名洞簫〔註238〕。

先秦時代所稱之「簫」，乃多管有底（即兩端封閉）的吹管樂器，是將樂管編聯起來，從吹低音的長管到吹高音的短管，依次序排列，無怪乎《說文》釋簫爲「參差管樂」。排簫常用於合奏〔註239〕。簫又名排簫，因排列竹管而成，又名參差。《楚辭‧九歌‧湘君》：「望夫君兮未來，吹參差兮誰思！」〔註240〕文中「參差」所指，便是排簫。排簫的骨管是用寬帶束在一起的〔註241〕。先秦時代所稱之「簫」，是現代所稱之「排簫」，到了漢代，出現無底的排簫，稱作「洞簫」，到唐代左右，單管直吹的「簫」日漸流行，爲區別起見，遂將古簫稱作「排簫」，而直吹的單管樂器稱作「簫」，橫吹的單管樂器稱作「笛」。所以現代的「排簫」才是漢代許慎所稱之「簫」〔註242〕。

〔註237〕湖北省博物館編，《隨縣曾侯乙墓》，頁 8。

〔註238〕王貴元，《漢字與歷史文化》，頁 75～76。

〔註239〕孫機，《漢代物質文化資料圖說》，頁 439。

〔註240〕宋‧洪興祖撰，《楚辭補注》，頁 60。

〔註241〕王子初，《中國音樂考古學》，頁 134～135。

〔註242〕陳溫菊，《詩經器物考釋》，頁 98。

圖 4-22.1　1997 年出土的河南鹿邑縣長子口墓排簫〔註 243〕

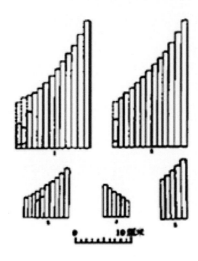

圖 4-22.2　隨縣曾侯乙墓出土的排簫〔註 244〕

圖 4-22.3　漢代畫像磚〔註 245〕

〔註 243〕王子初，《中國音樂考古學》，頁 133～134。

〔註 244〕湖北省博物館編，《隨縣曾侯乙墓》，頁 28。

〔註 245〕孫機，《漢代物質文化資料圖說》，頁 438。

（四）笛

古文四聲韻	小篆
𦥑	笛
義雲章	頁 199

《說文》段注：「笛笛，七孔筩也。《文選》李注引《說文》：『笛，七孔，長一尺四寸。今人長笛是也。』此蓋以注家語益之。《風俗通》亦云『長尺四寸，七孔。』《周禮・笙師》字作『篴』，大鄭云：『杜子春讀篴如蕩滌之滌，今人所吹五空竹笛。』按，篴、笛古今字。大鄭注上作篴，下作笛。後人妄改一之。大鄭云『五孔』，〈馬融賦〉亦云：『《易》京君明識音律，故本四孔加以一，君明所加孔後出，是謂商聲五音畢。』然則漢時長笛五孔甚明，云七孔者，《禮》家說古笛也。許與大鄭異。**从竹，由聲**。由與逐皆三部聲也。古音如逐，今音徒歷切。**羌笛三孔**。……。」（頁 199）

1、字形說明

笛字《古文四聲韻》中，笛作𦥑（義雲章），小篆作笛。

2、器物形制

笛是中國古代起源最早的管樂器之一，出土最早的七孔笛是距今 7800～7700 年的新石器時代骨笛。河南舞陽賈湖遺址史前骨笛（見圖一）的出土，是繼湖北隨縣曾侯乙墓地下音樂廳出土後，中國音樂考古學上重大的發現。舞陽骨笛的學術價值在於：（1）樂器性質的可靠性，（2）時代的可靠性，（3）音樂性能的進步性[註246]，展現出高度文明的社會象徵，二十五支舞陽骨笛除了形制相同，多開有七個音孔外，也能吹奏較複雜的曲調。

骨笛一般用大型鳥類的翅骨截去兩端關節，鑽孔而成，為豎吹（或斜）吹按孔樂器。骨笛在考古發現中並不多見，主要出土於河南舞陽、石固、汝州等地的新石器時代遺址[註247]。馬王堆三號墓東邊箱的漆奩內出土了兩枝竹制橫吹單管樂器（見圖 4-23.4），應為篪。不過也有學者認為它們不是篪而

[註246] 王子初，《中國音樂考古學》，頁 47～48。

[註247] 王子初，《中國音樂考古學》，頁 51。

是笛〔註 248〕，考古報告中提到其可吹出七聲音階，有六個洞眼，兩枝形制相同，都是一端有竹節封口，一端開口。封口一端其側有長方形吹口〔註 249〕。簡一八「𥰫、𥰫室各二」中所稱之「𥰫」或即指這兩支竹笛。

圖 4-23.1　1986 年發現的河南舞陽賈湖遺址史前骨笛〔註 250〕

圖 4-23.2　漢代豎笛為直吹之畫像〔註 251〕

圖 4-23.3　漢代笛為直吹之畫像〔註 252〕

〔註 248〕王子初，《中國音樂考古學》，頁 285。

〔註 249〕湖北省博物館編，《長沙馬王堆二三號漢墓　第一卷　田野考古發掘報告》（北京：文物出版社，2004 年），頁 184。

〔註 250〕王子初，《中國音樂考古學》，頁 50。

〔註 251〕孫機，《漢代物質文化資料圖說》，頁 438。

〔註 252〕孫機，《漢代物質文化資料圖說》，頁 438。全上。

圖 4-23.4　馬王堆三號墓笛（東 57-9、10）〔註 253〕

（五）龥（篪）

龥字小篆	篪字小篆
龥	篪
頁 199	《説文》重文

《説文》段注：「龥龥，管樂也。管猶筩也。故龠、龥、簫皆曰管樂。鄭司農注《周禮》云：『篪七空。』《廣雅》云：『八孔。』賈公彥引《禮圖》云：『九孔。』其言多轉寫錯亂。疑不能明也。《世本》云：『暴辛公作塤。蘇成公作篪。』譙周云：『二人善塤善篪，記者因以爲作，謬矣。』按，許於塤、龥下皆不引《世本》。於鐘、磬、笙、簧、琴、瑟則引之，其匡謬不在允南之前乎？**从龠，虒聲。**直离切，十六部。篪，龥或从竹。〈樂記〉又作箎。」（頁 85）

1、字形說明

龠、笛、菰等一般是爲直吹的單管樂器，橫吹的則爲篪〔註 254〕。故將其列於竹類樂器的最尾端來說明。

篪字小篆龥作龥，篪作篪，段注云：「龥或从竹，〈樂記〉又作箎。」可見三字相通，於教育部《異體字字典》中三字作異體字。

〔註 253〕湖北省博物館編，《長沙馬王堆二三號漢墓　第一卷　田野考古發掘報告》，頁 187。
〔註 254〕孫機，《漢代物質文化資料圖説》，頁 439。

2、器物形制

篪實際上是尾端封口的一種橫笛,實物出土於曾侯乙墓。篪在此前久已失傳,僅見於古書記載,如《爾雅‧釋樂》:「大篪謂之沂。」〔註255〕《釋名‧釋樂器》:「篪,啼也。聲從孔出,如嬰兒啼聲也。」〔註256〕或《詩‧小雅‧小旻之什‧何人斯》:「伯氏吹塤、仲氏吹篪。」〔註257〕其形制可見於《爾雅‧釋樂》郭璞注:「篪,以竹為之,長尺四寸,圍三寸,一孔上出,一寸三分,名翹,橫吹之。」〔註258〕《說文》段注云「鄭司農注《周禮》云:『篪七空。』《廣雅》云:『八孔』。賈公彥引《禮圖》云:『九孔』。其言多轉寫錯亂。疑不能明也。」民國以前的學者都未曾看見傳說中的樂器——篪,對於其形制尚不瞭解,顯示實物出土前,人們僅知是一種似笛非笛的樂器。直至曾侯乙墓重見天日後,篪受到音樂考古學家們的重視,從實物中可瞭解到篪與竹笛由於開閉管的不同,音樂性能上有很大的區別〔註259〕。

篪特殊裝置是在吹口上裝翹,翹亦名距,《御覽》卷五八〇引《世本》:「蘇成公造篪,吹孔有嘴如酸棗。」〔註260〕即指此物,雲崗石窟中雕刻的伎樂所吹乂嘴笛,吹孔上突起物很明顯,但在漢畫像石上這一結構卻看不清楚。

圖 4-24.1　曾侯乙墓篪〔註261〕

〔註255〕晉‧郭璞注,宋‧邢昺疏,《爾雅注疏》,頁 173。

〔註256〕漢‧劉熙撰,《釋名》,頁 107。

〔註257〕漢‧毛公傳,唐‧孔穎達等正義,《毛詩正義》,頁 892。

〔註258〕晉‧郭璞注,宋‧邢昺疏,《爾雅注疏》,頁 173。

〔註259〕王子初,《中國音樂考古學》,頁 283。

〔註260〕宋‧李昉等纂修,《太平御覽》,頁 3000。

〔註261〕王子初,《中國音樂考古學》,頁 285。

圖 4-24.2　漢代畫像石上的篴〔註262〕

曾侯乙墓的篴於 1978 年出土，共兩件，經鑑定爲單節苦竹竿制成。管端閉口，一端以自然竹節封底，一端以物填塞（因表面漆皮遮蓋，質料不詳）。吹篴時，雙手執篴端平，掌心向裡，不像今日吹笛，掌心向下〔註263〕。兩器均爲橫吹單管樂器，形制相似，均吹孔在上，且有一器兩端閉孔有底。在管身一側近兩端處，各開一音孔，又管身另一側則並列五指孔。共計七孔。與鄭司農注《周禮》云：「篴七空。」相同，不過只有孤證，不能以偏蓋全。

（六）附錄：箛

箛較少古文物或古文字資料，故併於附錄一談。

箛字小篆
頁 200

《說文》段注：「箛箛，吹鞭也。《風俗通》曰：『《漢書》舊注：箛者，吹鞭也。』《急就篇》曰：『箛莢起居課後先。』師古曰：『箛，吹鞭也。莢，吹莆也。起居，謂晨起夜臥及休食時，督作之司以此二者爲之節度。』《宋書·樂志》：『晉先蠶注：吹小箛、大箛。』按，云鞭者，如〈長笛賦〉云『裁以當簻便易持』也。**从竹，孤聲。**古乎切，五部。」（頁 200）

1、字形說明

箛字小篆作从竹，孤聲的 。

〔註262〕孫機，《漢代物質文化資料圖說》，頁 438。

〔註263〕王子初，《中國音樂考古學》，頁 285。

2、器物形制

段注據古籍《風俗通》、《急就篇》等認為其為「起居，謂晨起夜臥及休食時。督作之司以此二者為之節度。」箛是一種無指孔的直吹管樂器，可見其作用是用於課督役徒。但《宋書・樂志》認為其為吹小箛大箛，則箛用於出行鹵簿中。可能並不是旋律樂器〔註264〕，

圖 4-25.1　武氏祠畫像石

此畫像石為武氏祠畫像石的伍佰有左右手各執一管狀樂器者，應即為大、小箛〔註265〕。唯僅一孤證，既無古文字資料，也無更詳細的考證文獻資料。

二、土類樂器

（一）壎（塤）

陶文	陶文	小篆
土	土	壎
2.3	13.3	頁 694

《說文》段注：「壎壎，樂器也。㠯土作，句。六空。空，本作孔。今正。《詩》：『伯氏吹壎。』毛傳：『土曰壎。』《周禮・小師》：『掌教鼓壎。』大鄭云：『塤，六孔。』後鄭云：『塤，燒土為之，大如鴈卵。』《爾雅》曰：『大塤謂之嘂。』《白虎通》曰：『〈樂記〉云：壎，坎音也。在十一月。』从土，熏聲。況袁切，古音在十三部。《白虎通》曰：『壎之為言勳。』」（頁694）

〔註264〕孫機，《漢代物質文化資料圖說》，頁437。

〔註265〕孫機，《漢代物質文化資料圖說》，頁438。

1、字形說明

壎字又作塤。馬敘倫認爲「熏聲眞類，員聲脂類，脂眞對轉，轉注字也。
〔註266〕《古陶文字徵》中所收入的塤字，土和員或左右位移或上下位移，在字
形尙未確定之時，部件上下左右位移屬於正常現象，小篆壎作 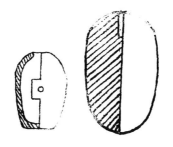。

2、器物形制

管樂器的起源很早，浙江餘姚河姆渡新石器早期遺址曾出土了不少骨
哨，大部分是用來誘捕禽獸，另外的作用就是原始的管樂器。比哨晚一些出
現的是塤。甘肅玉門火燒溝、山西萬泉荊村等地新石器時代晚期遺址中出土
三孔陶塤，河南輝縣琉璃閣殷代晚期墓所出陶塤，呈現規則的卵形，平底，
有五個音孔，能奏出十一個音，已是一件旋律樂器。漢代塤如《風俗通義・
聲音篇》所記，共有六孔，其中除五個音孔外，大約還包括一個吹孔，與殷
塤基本相同，但漢塤的實物迄未發現，只是根據下圖畫像石中某些奏樂人的
姿勢判斷，他們是在吹塤。

圖 4-26.1　遠古陶塤〔註267〕

圖 4-26.2　漢代吹塤畫像石〔註268〕

〔註266〕馬敘倫，《說文解字六書疏證》，頁 56。

〔註267〕李純一，《中國上古出土樂器綜論》，頁 388。

〔註268〕孫機，《漢代物質文化資料圖說》，頁 439。

三、匏類樂器

在王子初的《音樂考古學》中，提及春秋戰國後，始出現笙竽樂器。主要出土於南方，如湖北江陵一帶或河南南部等古代楚國範圍，因材質的關係，大多殘腐不堪。笙竽爲匏類同屬的兩種樂器，是以簧管發聲的竹制多管吹奏樂器。竽後世逐漸與笙同化了，所以今日所見這類的樂器形制均爲笙的形制〔註269〕。笙、竽的底座是匏作成的，所以古屬八音中的匏類樂器。

（一）笙

楚系文字	小篆
笙	笙
信 2.03	頁 199

《說文》段注：「笙笙，十三簧。蒙上管樂而言，故不云管樂也。大鄭《周禮》注曰：『笙十三簧。』按，《廣雅》云：『笙十三管。』亦每管有簧也。象鳳之身也。笙，正月之音，物生故謂之笙。《白虎通》曰：『八音，匏曰笙。匏之爲言施也，在十二月萬物始施而牙。笙者，大族之氣，象萬物之生，故曰笙。』《釋名》曰：『笙，生也。象物貫地而生也。』按，《禮經》，東方鐘磬謂之笙鐘、笙磬，笙猶生也。東爲陽中，萬物以生，是以東方鐘磬謂之笙也。初生之物必細，故《方言》云：『笙，細也。』竽，大笙也。故竽可訓大。**大者謂之巢，小者謂之和**。……。**从竹生。**列管，故从竹。正月之音，故从生。舉會意包形聲也。《韻會》本無『聲』字爲長。所庚切，十一部。**古者隨作笙。**《通典》曰：『出《世本》。』」（頁 199）

1、字形說明

《甲骨文編》、《金文編》中俱無笙字，小篆作笙。馬敍倫認爲「初皆象形爲文，笙之象形文變省爲篆文，形與 𡳒 近，因加竹以別之。今金文當存𥫱字，而本書作𥬔，爲形聲字。……許當以聲訓，或作器也。管三十六簧也。蓋《字林》文。字見〈急就篇〉顏師古本。」〔註270〕郭沫若認爲𥬔爲笙之初文〔註271〕。

〔註269〕王子初，《中國音樂考古學》，頁 232～236。

〔註270〕馬敍倫，《說文解字六書疏證》三冊（上海：新華書店，1985 年），頁 40。

〔註271〕郭沫若，《殷契粹編考釋》，頁 670。

楚系文字作🈂〔註272〕。

2、器物形制

在《詩經・小雅・鹿鳴之什・鹿鳴》中，已出現關於笙的文句：「我有嘉賓、鼓瑟吹笙。吹笙鼓簧、承筐是將。」〔註273〕可見笙在西周便已成爲樂器。到春秋時。《周禮・春官宗伯》：「笙師：掌教吹竽、笙、塤、龠、簫、篪、笛、管，舂牘、應、雅，以教祴樂。凡祭祀、饗、射，共其鐘笙之樂，燕樂亦如之。大喪，廞其樂器；及喪，奉而藏之。」〔註274〕並提到有笙師這樣的行業。《尚書》中也記載，笙與鍾合奏有「笙鏞以間」〔註275〕的音響效果，笙在戰國早期曾侯乙墓中有較集中的發現，制作工藝高超。笙有六件〔註276〕。曾侯乙墓出土的笙形制與現今胡蘆笙相近。考古發現的楚笙近二十件，其笙管多透斗底，併作二直行排列，與今日笙迥異〔註277〕。

圖 4-27.1　曾侯乙墓笙〔註278〕

〔註272〕滕壬生，《楚系簡帛文字編（增訂本）》（武漢：湖北教育出版社，2008 年 10 月），頁 439。

〔註273〕漢・毛公傳，唐・孔穎達等正義，《毛詩正義》第三冊，頁 650。

〔註274〕漢・鄭玄注，唐・賈公彥疏，《周禮注疏》第三冊，頁 737。

〔註275〕漢・孔安國傳，唐・孔穎達等正義，《尚書正義》，頁 152。

〔註276〕譚維四，《曾侯乙墓》，頁 102。

〔註277〕王子初，《中國音樂考古學》，頁 233。

〔註278〕王子初，《中國音樂考古學》，頁 234。

圖 4-27.2　湖北江陵天星觀一號墓笙〔註279〕

（二）竽（𦬁）

古璽文編	包山楚簡文字編	小篆

0346	157	頁 198

《說文》段注：「竽𦬁，管三十六簧也。管下當有『樂』字。凡竹為者，皆曰管樂。《周禮・笙師》：『掌教歈竽。』大鄭曰：『竽三十六簧。』按，據《廣雅》，『竽三十六管』。然則管皆有簧也。《通卦驗》、《風俗通》皆云：長四尺二寸。竽與笙之管，皆列於匏。《宋書・樂志》曰：『竽，今亡。』從竹，亏聲。羽俱切，五部。」（頁198）

1、字形說明

竽字《古璽文編》0346 作🔲，《包山楚簡文字編》2.157 作🔲，小篆作從竹，亏聲的🔲。

2、器物形制

竽與笙外觀相似，《說文》中說其「管三十六簧」，與《周禮》同，在發展過程中，管數越來越少，漢馬王堆 3 號墓出土的竽為 26 管，1 號墓出土的明器竽為 22 管，至唐代，《北堂書鈔》引《三禮圖》稱「雅竽簧上下各六〔註280〕」，更

〔註279〕王子初，《中國音樂考古學》，頁236。

〔註280〕唐・虞世南，《北堂書鈔》（台北：宏業出版社，民國63年10月），頁490。

減至 12 管了。相反的，笙的管數卻一直增加〔註281〕。

　　竽能表達人的情意，既能娛人，也可自娛。在春秋戰國時期（公元前 770
～公元前 221），尤受重視，傳說中的「濫竽充數」這個典故也是出自春秋戰
國。可知竽在當時是十分流行的樂器。

　　《韓非子‧解老》：「竽也者，五聲之長者也，故竽先則鍾瑟皆隨，竽唱
則諸樂皆和。」〔註282〕可看出竽有定音的作用，在鍾瑟之前來發聲調音，故
大多一同出土。下圖為吹笙者〔註283〕和吹竽者〔註284〕，為山東出土之東漢畫
像石，可知當時之笙竽的樣貌還不相同。

　　竽也是古代的笙類樂器，只是形制上較笙大一些，竽在後世逐漸與笙同
化，段注在笙之小注中提到：「竽與笙之管皆列於匏。《宋書‧樂志》曰：『竽
今亡。』」（頁 196）所以今天所見這類樂器均為笙的形制，很難去區分二者
之異同了。

圖 4-28.1　山東出土之東漢畫像石

〔註281〕孫機，《漢代物質文化資料圖說》，頁 438～439。

〔註282〕清‧王先慎撰，鍾哲點校，《韓非子集解》（北京：中華書局，2003 年），頁 154

〔註283〕《考古》，1975 年 2 期，頁 128。

〔註284〕《沂南古畫像石墓發掘報告》圖版 87。

圖 4-28.2　馬王堆 M1 明器竽〔註285〕

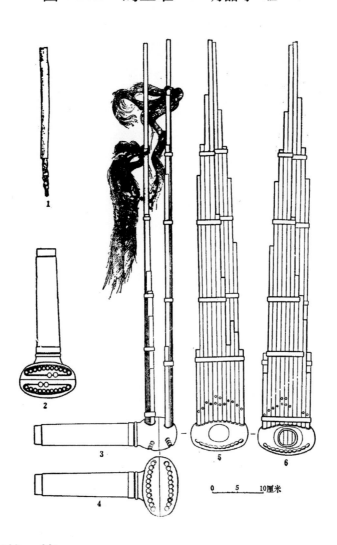

（三）附錄：簧

金文	小篆
𦰩	簧
訣簋，簧𣃘朕心	頁 199

《說文》段注：「簧簧，笙中簧也。《小雅》：『吹笙鼓簧。』傳曰：
『簧，笙簧也。吹笙則簧鼓矣。』按，經有單言簧者，謂笙也。《王
風》：『左執簧。』傳曰：『簧，笙也。』是也。**从竹，黃聲**。戶光
切，十部。**古者女媧作簧**。蓋出《世本‧作篇》。〈明堂位〉曰：『女

〔註285〕李純一，《中國上古出土樂器綜論》，頁 416。

媧之笙簧。』按，笙與簧同器，不嫌二人作者，簧之用廣，或先作
簧而後施於笙竽，未可知也。」（頁 199）

1、字形說明

簧字《金文編》作〈馱簋〉𦥑〔註286〕，小篆作从竹，黃聲的簧。

2、器物形制

「簧」於古籍中多指樂器或樂器中的金屬薄片與竹冊，如《釋名‧釋樂
器》：「簧，橫也，於管頭橫施於中也，以竹鐵作於口橫鼓之亦是也。」〔註287〕
可知其爲管端橫放的竹片或鐵片。戴家祥於《金文大字典》中提到：「簧初義
僅指吹奏樂器中的發聲部位，遠古當以竹片爲之。現在也有少數民族用竹片
含在口中吹奏優美的曲調，即所謂口笛，其發聲原理同笙竽，以簧鼓動出音，
故簧从竹，其意明矣。」〔註288〕對簧之形制與沿革說之甚瞭。

第四節　小　結

《說文》中有出土實物或有古文字可考的樂器共三十五種，從以上各節的
探討可得知下列三點結論：

一、古文字方面

以下表格列出本章之樂器，共三十五個：

打擊樂器		甲骨文	金文	其　　它	小篆
金類	鐘		v	包山楚簡、睡虎地秦簡	v
	鏞				v
	鎛（鎛）		v		v
	鉦		v		v
	鐸		v	睡虎地秦簡	v
	錞		v		v
	鈴		v		v
	鐃			包山楚簡	v

〔註286〕容庚，《金文編》，頁 302。

〔註287〕劉熙撰，《釋名》，頁 107。

〔註288〕戴家祥，《金文大字典》，頁 3679。

革類	壴	V	V		V
	鼓	V	V		V
	鼓		V		V
	鼗、鞀				V
	鞀			包山楚簡	V
	韶				V
	虡				V
木類	椌				V
	柷				V
	敔		V		V
石類	磬	V			V

弦樂器		甲骨文	金文	其　它	小篆
絲類	琴			古文	V
	瑟			古文	V
	筑	V		睡虎地秦簡	V
	箏				V

管樂器		甲骨文	金文	其　它	小篆
竹類	籥（龠）	V	V		V
	管				V
	簫		V	古文四聲韻	V
	笛			古文四聲韻	V
	篪（鱙）				V
	箛				V
土類	壎（塤）			陶文	V
匏類	笙			楚系文字	V
	竽			璽文、包山楚簡	V
	簧		V		V

　　（一）甲骨文：革類樂器除鼓、壴字外，大多無甲骨文。石類樂器磬字甲骨文異體字多，但無金文。陶製樂器缶有甲骨文。土製樂器壎雖無甲骨文、金文，但有陶文出土。可知較早出現且被命名的原始樂器，大多為打擊樂器和較原始的吹奏樂器。

　　（二）金文：金類樂器大多有金文。革類樂器除鼓、壴字外，大多無金文。

木製打擊樂器敔，有金文出土。陶製樂器缶有金文。竹製的簫、簧字也有金文。以上數字應出現於金文時代的樂器，此時青銅金屬所製的樂器陸續出現。

（三）其它：由於本論文以甲骨文、金文及小篆爲主要討論對象，有必要補充時方採簡帛文字，包括楚簡、秦簡、陶文、璽文、唐寫本《說文》木部殘卷等以爲佐證。

（四）木類樂器，柷、㭊無甲金文的出土。弦樂器大多無甲骨文、金文字，管樂器除籥、簫二字之外，無甲金文出土。可從古文字的演變中看出打擊樂器的出土最早，金屬製的樂器其次，木類、管弦樂器等較晚出現。簫類雖無甲骨文、金文出土，但因河南長子口排簫的出土〔註289〕，可將其時代往前推到商代晚期。

二、在地下的文物中，金屬所製的樂器保存的最爲完整，其餘石類、竹類、絲類等樂器也有部分保存，木類、革類的樂器由於木頭和皮質較易腐壞，故出土的樂器都不太完整，尤其是木類的樂器更是沒有出土實物可以爲據，幸好漢代畫像石、《三禮圖》中有部分圖象可供想像，能與《說文》的解說文字參照比對。

三、樂器爲典禮舉行的要件之一，這點可以由出土文物及古籍文字記載比對得到佐證，甚至以樂器出土文物所擺放的位置做爲印證。如曾侯乙墓中大量的音樂文物出土，不算樂器附件，共計 126 件，是一套完整的先秦宮廷樂隊編制，是一座 2400 年前的地下音樂廳〔註290〕。又如 2006 年出土的禮縣大堡子山秦子樂器坑出土不少金類禮樂器，包含鐘鎛等樂器，以及秦子盉等禮容器。又如編鐃爲商代晚期流行的王室重器，根據考古發掘資料分析，這些樂器只出土於少數中、大型墓葬中，可知編鐃是商代大貴族專用的禮樂器。除此之外，許多樂器往往出現於《周禮》、《儀禮》等古代文獻中，沒有音樂的伴奏，禮儀就無法進行，禮樂是相輔相成的，關係密不可分。樂器除了演奏的功能外，往往也是象徵禮的精神。因爲禮是表示對上天的尊敬，故在樂器上往往細膩的雕刻著各種神獸。商代以後的樂器作爲祭祀排場之用似乎大於日常娛樂。

〔註289〕王子初，《中國音樂考古學》，頁 134。

〔註290〕王子初，《中國音樂考古學》，頁 18。

四、文化意涵

　　《釋名·釋樂器》云：「鐘，空也，內空受氣多，故聲大也。」〔註291〕這是以聲訓說明鐘得名的緣由。鐘不僅因內部空廓，聲音宏亮，而且以青銅鑄成，一鐘二音，單獨使用，聲音莊重渾厚，適用於廟堂典禮，或疆場戰事，鐘身可以加鑄銘文，以紀事表功，更提升其尊貴的地位；如鑄成編鐘，則因大小厚薄的不同，而可以發出不同的樂音，音域寬廣，音色優美，不啻是一部大型鋼琴。在西洋，鋼琴素有樂器之王的雅號；在中國，鐘可以演奏主旋律，帶動其他樂器的合奏，也儼然是傳統樂器之王。正如孟子所謂「金聲玉振，始終條理」〔註292〕，也如《淮南子·本經篇》高誘注所說：「鐘，音之君也。」〔註293〕所以鐘與飲食器之鼎併列為最重要的青銅器，用以代表一切的青銅器。但因特鐘只用於軍國大事，編鐘的使用，所費不貲，也只限於貴族，充份顯現古代階級的尊卑，所以孟子才會說：「今王鼓樂於此，百姓聞王鐘鼓之聲、管籥之音，舉疾首蹙頞而相告曰：『吾王之好鼓樂，夫何以使我至於此極也。』」〔註294〕墨子更因「王公大人……厚措斂乎萬民，以為大鐘、鳴鼓、琴瑟、竽笙之聲。」虧奪民之衣食，不中萬民之利，提出「非樂」的主張〔註295〕。站在當時的時代背景及文化立場來看，當然有其特殊意義。但他完全忽略了音樂潛移默化、轉移社會風氣、變化個人氣質的無形作用，則未免失之偏頗，宜乎《荀子·解蔽篇》批評他「蔽於用而不知文」〔註296〕如能像孟子那樣進而主張「獨樂樂不如與民同樂」〔註297〕，才是比較適當的態度。

〔註291〕漢·劉熙撰，《釋名》，頁106。

〔註292〕《孟子·萬章下》：「金聲也者，始條理也；玉振之也者，終條理也。」見《四書集注》，頁264。

〔註293〕《淮南子》高誘注（上海：上海古籍出版社，1989年），頁83。

〔註294〕《孟子·梁惠王下》見《四書集注》，頁171。

〔註295〕孫詒讓，《墨子閒詁》〔台北：河洛圖書出版社，1974年12月版〕，卷八，頁32。

〔註296〕梁啓雄，《荀子柬釋》〔台北：河洛圖書出版社，1974年12月版〕，頁290。

〔註297〕《孟子·梁惠王下》見《四書集注》，頁171。

第伍章 二重證據法在《說文》禮樂器研究運用的價值

　　二十世紀初，國學大師王國維開始提倡「二重證據法」，一時蔚爲風潮，影響深遠。繼殷墟甲骨、敦煌寫本之後，隨著二十世紀五十年代以來簡帛文獻及各種墓葬文物的出土，二重證據法更展現出在考古學、歷史學、甲骨學、金石學、簡牘學、敦煌學等各學科中的重大貢獻。出土文物，是指從地下出土的有歷史文化價值的物品；出土文獻，則是主要指出土文物上的文字資料，載體可分爲甲骨、青銅器、簡帛、刻石等。這些地下文物、文獻與傳統典籍可互相印證、互相補充、互相訂正，解決了許多過去所未能解決的問題，提出了許多過去所未發現的創見，爲學術研究開創了嶄新的世紀。單就《說文》禮樂器的研究而言，也突破了清代許學的藩籬，有了驚人的成就。茲綜合以上各章的論述，臚舉一些實例，分類加以說明。

第一節　在《說文》禮樂器文字方面的價值

　　《說文》之收字，正文重文合計超過一萬，包含小篆、古文、籀文，在與地下出土文字對照之後，雖然有不少是前有所承，或可以考辨字形之演變者。但亦不乏許氏未收，或演變失眞，或分析錯誤者，亦應一併補正。

一、考《說文》禮樂器字體之有據

兩漢所盛行的字體是隸書，然許慎編纂《說文》的字頭卻以小篆爲主，古文、籀文爲輔，就當時所能見的文字材料而言，這是身爲古文字學家許慎所作的明智選擇。歷代學者從四個方面揭示《說文》中小篆的來源：一是直接來源於古文和籀文，二是由古文、籀文省改而來，三是有些小篆是在輾轉傳抄過程中產生了訛變或經過篡改的，四是有些小篆是漢人根據隸書新造的〔註1〕。相較於使用隸書作字頭，許慎使用小篆及古籀作爲《說文解字》一書的字頭，不管是對於分析六書，或是探求古文字的來源，都是較爲完善的。因爲古文、篆籀與甲骨文、金文一脈相傳，保留不少造字本義，仍然屬於古文字的範疇；但隸書則重視筆勢，改線條爲筆畫，破壞六書，混淆形構，已進入後代文字的畛域了。裘錫圭說：

> 《說文》不但保存了大量早於隸書的古漢字字形，而且還把這樣一些單字以及關於字義、字形結構和字的用法的古說保存了下來，這些單字從不見於其他傳世出土的古書（不包含抄襲、引用《說文》的書），但卻見於出土的古文字資料。這些古說雖不見於其他傳世古書，也不能在這些古書中得到印證，但是卻跟出土的古文字資料相合。這既說明《說文》對出土古文字的研究的重要性，實際上超出了一般人的估計，同時也說明只有通過出土古文字才能比較充分地認識《說文》的巨大價值〔註2〕。

又如郭小武所說，整本《說文》保存了與甲金文字相同的體系，這是考釋古文字最重要的作用〔註3〕。單就禮樂器字體來看，就可找到不少證據：

（一）考小篆之有據

《說文·敘》：「其後諸侯力政，不統於王……言語異聲，文字異形。秦始皇帝初兼天下，丞相李斯乃奏同之，罷其不與秦文合者。斯作〈倉頡篇〉，中車府令趙高作〈爰歷篇〉，太史令胡毋敬作〈博學篇〉，皆取史籀大篆，或頗省改，

〔註1〕黎千駒，《說文學專題研究》（北京：中國社會科學出版社，2010 年 11 月），頁 116。

〔註2〕裘錫圭，〈說文與出土古文字〉，中國許慎研究學會編《說文解字研究》第一輯（開封：河南大學出版社，1991 年 8 月），頁 64。

〔註3〕郭小武，〈說文篆籀字匯與甲骨文字考釋〉，同上注，頁 73。

所謂小篆也。」（頁765）小篆主要是大篆的化身，但也吸收了六國古文，省其繁重，改其怪奇，是經過規範化的文字，結構趨於圓勻整齊，形體固定，溯其遠源，實際上是從甲骨文、金文演化而成的。

樂器類的例子如下：

1、鐘字

金文	金文	金文	金文	包山楚簡	睡虎地秦簡	小篆
邾公牼鐘	秦公鎛	多友鼎	兮仲鐘	170	秦 125	頁 716

鐘字金文鐘、鍾形近音同，古字往往通用，如〈邾公牼鐘〉、鍾字作〔註4〕（鐘字重見），即作鐘解。徐灝曰：「許以鍾爲酒器，鐘爲樂器，判然如二，但此二字古相通用，故戴侗合而一之。」〔註5〕金文鐘作（秦公鎛）、（多友鼎）、、（兮仲鐘），金字有在左邊，也有在右邊，在文字尚未統一定形之前，部件上下左右位移屬於正常現象。至包山楚簡（170）及睡虎地秦簡（秦125）的字形始較爲規律，小篆（頁716）與之接近，今日文字也相當類似。

2、鎛（鑮）字

金文	金文	金文	鑮字小篆	小篆
齊鎛	鑯鎛戈	邾公孫班鎛	頁 716	頁 716

《金文編》收錄〔註6〕（鎛字重見），另收〈齊鎛〉〔註7〕、〈邾公孫班鎛〉〔註8〕及部件左右位移的〈鑯鎛戈〉〔註9〕，小篆作。重文小篆

〔註4〕容庚，《金文編》，頁912、915。

〔註5〕清・徐灝，《說文解字注箋》，卷一四上・九。

〔註6〕容庚，《金文編》，頁915。

〔註7〕容庚，《金文編》，頁917。

〔註8〕容庚，《金文編》，頁917。

〔註9〕容庚，《金文編》，頁917。

作鎛，《經典釋文》「鎛，本又作鏄。」〔註10〕但它與先秦的鎛不同，是一種節奏樂器。重文小篆鏄顯然是承襲金文而來。

又如玉器類，

1、璧字

金文	金文	金文	金文	小篆
𤩮	𤩮	𤩮	𤩮	璧
洹子孟姜壺	洹子孟姜壺	洹子孟姜壺	召伯簋	頁 12

《古文字詁林》中未收錄璧字甲骨文，但並不代表不見於現存之甲骨文。2009 年出版的《新甲骨文編》〔註11〕即收錄了璧字甲骨文，字形作辟，不作璧。璧之本義爲被加工成圓片的有孔玉石。金文从玉，从〇，辟聲。〇爲不獨立成文之形符，象圓片玉璧。共有从〇、省〇兩種字型，𤩮（洹子孟姜壺）是有从〇之璧字，同樣在洹子孟姜壺上的𤩮、𤩮就是省〇的璧字。𤩮（召伯簋）〔註12〕也是沒有从〇的字型。辟，爲聲符，表示劈開、切分。小篆承續金文字形作从〇璧。

又如飲食禮器類，

1、尊（尊）字

甲骨文	甲骨文	金文	金文	金文	金文
尊	尊	尊	尊	尊	尊
鐵 27.1	佚 413	作父辛方鼎	過伯簋	呂王簋	仲姜簋〔註13〕

〔註10〕 唐・陸德明，《經典釋文》，頁 149。

〔註11〕 劉釗、洪颺、張新俊，《新甲骨文編》，頁 21～22。

〔註12〕 容庚，《金文編》，頁 24。

〔註13〕 《文物》，2006（10），頁 85。

陶文	睡虎地秦簡	古璽文	古璽文	小篆	尊字小篆
4.82	日甲六七背	1486〔註14〕	1596	頁 759	从寸，頁 759

《甲骨文編》尊字作〔註15〕（鐵二七・一），《續甲骨文編》中作（佚413），「廾」的位置在上，有所不同。尊字金文，有作與甲骨文相似的〈作父辛方鼎〉，也有加上部件而成的〈過伯簋〉及〈呂王簋〉〔註16〕字。在《新見金文字編》中收錄仲姜簋的，與其他金文相比略有不同，但組成構件仍相似，雙手位置從下方移到酒器左右兩側，為雙手捧酒器之形，是奉酒祭祀的具象化。《睡虎地秦簡》作（日甲六七背）與今日之尊字相似，從寸部。古璽文作。《說文》小篆收錄二字，一是从廾字作，出自金文，一是重文从寸字作，出自《睡虎地秦簡》，今日楷書並同，皆淵源有自。

（二）考古文之有據

一般來說，學界將古文分為廣義與狹義兩類，廣義的古文，如《說文・敍》云：「封于泰山者七十有二代，靡有同焉。」（頁 762）「郡國亦往往於山川得鼎彝，其銘即前代之古文，皆自相似。」（頁 769）換句話說，就時代言，即為小篆以前的文字，也是自中國有文字至秦始皇統一文字止。狹義的古文，就出處而言，《說文・敍》云：「古文，孔子壁中書也。」又云：「壁中書，魯恭王壞孔子宅，而得《禮記》、《尚書》、《春秋》、《論語》、《孝經》，又北平侯張蒼獻《春秋左氏傳》。」（頁 769）其實，古文不過是戰國時期流行於齊魯一帶的六國古文字，與出土的甲骨、金文一脈相承，並非中國最古的漢字。

《說文》所收古文，四百餘字〔註17〕，整體而言，字形趨簡，其中有的不

〔註14〕羅福頤主編，《古璽文編》（北京：文物出版社，1981 年 10 月），頁 354。

〔註15〕中國科學院考古研究所編，《甲骨文編》，頁 572。

〔註16〕容庚，《金文編》，頁 1005。

〔註17〕《說文》古文字，歷來各家學者說法不一，明楊慎《六書索隱》記「其所載古文三百九十六」，清蔡惠堂《說文古文考證》謂許書著錄古文四百餘字，王國維《說文所謂古文說》計重文古文五百許字。由於楊、蔡、王三家均未列出古文單字，故不知其取捨標準為何。其後，商承祚《說文中之古文考》收錄古文字四百六十一文。由於各家對古文的標準寬嚴不一，故數量不同，本文約略取為四百餘字。

見於古書，卻與甲骨文、鐘鼎文一致，如：

1、「彝」字

金文	金文	小篆	古文
競之定豆甲〔註18〕	夷曰匜〔註19〕	頁 669	頁 669

《新見金文字編》中收錄春秋晚期的〈競之定豆甲〉較近於古文，另外收錄〈夷曰匜〉，與〈菫監鼎〉構件左右相反。商承祚《說文中之古文考》：「案甲骨文作、金文龠伯尊作、史桌毀作、兄癸罟作，皆象以手持雞與米而祭，後被以祭器之名，其字整齊之而爲（秦公毀、郘竇盤），即小篆所本。」〔註20〕小篆作，古文彝有二字，分別作與小篆相似的及與金文競之定豆甲相似的。

2、瑁字

天星觀楚簡	陶文	大徐本古文	小徐本古文	古文	小篆
	陶文編 1.4	頁 11	頁 7	古文從月	頁 13

瑁字不見於現存之甲骨文、金文中。商承祚《說文中之古文考》：「玥古文省。案段本作玥。云：『惟《玉篇》不誤，此蓋壁中〈顧命〉字』從月，是也。月正所以冒目，從目作則無所取義。。……玥宋本已誤從目矣。」〔註21〕唯《天星觀楚簡》有字〔註22〕，陶文有字，與《說文》二徐本所附之古文同，蓋省冒爲目，足證二徐本所引古文其來有自。段玉裁改作玥，蓋取其聲。目月形聲俱近，故段氏以爲各本有誤，據《玉篇》作玥。

〔註18〕《文物》，2008（1），頁 28。

〔註19〕新收 1670。

〔註20〕商承祚，《說文中之古文考》（上海：上海古籍出版社，1983 年），頁 111～112。

〔註21〕商承祚，《說文中之古文考》，頁 7。

〔註22〕黃錫全，《汗簡注釋》（武漢：武漢大學出版社，1990 年），頁 71～72。

（三）考籀文之有據

《史籀》十五篇相傳爲西周宣王時太史籀所撰，共有三千字，至東漢初年只存九篇，約兩千字。到晉代完全亡佚，所以現在所傳的籀文，除了石鼓文幾百字外，只有《說文》所收的籀文，約有 225 字〔註23〕。《說文·敍》：「今敍篆文，合以古籀」（頁 771），篆文同於古籀者，不再標明，其不同的異體，才標明「此籀文」所以許書中的籀文其實不止二百餘字。王國維《史籀篇疏證》：「史篇文字，其見於許書觀之，固有與殷周間古文同者，然其作法大抵左右均一，稍涉繁複，象形象事之意少，而規旋矩折之意多。推其體勢，實上承石鼓文，下啓秦刻，與篆文極近。」〔註24〕並有〈戰國時秦用籀文六國用古文說〉〔註25〕，認爲古文與籀文乃戰國時東西二土文字之異名，其源皆出於殷周古文。籀文亦有與甲、金文相承者，如下：

1、盤字

甲骨文	金文	金文	金文	籀文	古文	小篆
戩 45.1	兮甲盤	虢季子白盤	伯侯父盤	籀文從皿	古文從金	小篆從木

甲骨文作 ，〔註26〕，金文有不從木之〈兮甲盤〉 ，〔註27〕，與《說文》籀文從皿相同〈虢季子白盤〉之 ，與《說文》古文從金相同〈伯侯父盤〉之 ，可見《說文》之古文、籀文其來有自。

〔註23〕清人馬國翰《玉函房山輯佚書·經傳小學類》中有《史籀篇》一卷，其書採取《說文》重文中之籀文 219 字，又《玉篇》所引「籀文」而爲《說文》所遺者 13 字，故得 232 字。王國維《史籀篇疏證》輯《說文》所引籀文 223 字，加重文 2 字，合計 225 字。因《說文·敍》：「今敍篆文，合以古籀」，寥寥八字，以致後代學者對其理解頗有出入。此採王氏說法，225 字。

〔註24〕王國維，《海寧王靜安先生遺書》第五冊（台北：臺灣商務印書館，1976 年 7 月），頁 242。

〔註25〕王國維，〈觀堂集林〉卷七，《海寧王靜安先生遺書》第一冊，頁 293。

〔註26〕中國科學院考古研究所編，《甲骨文編》，頁 385～386。

〔註27〕容庚，《金文編》，頁 397。

2、磬字

甲骨文	甲骨文	籀文	小篆
甲 1319	河 758	頁 456	頁 456

在甲骨文中異體極多，如不象懸磬之形的 （甲 1319），或象擊磬之形的 〔註28〕（河 758），但不見於現存之金文中。觀乎出土之甲骨文，可知一開始只有从殳擊懸磬的殸，石的部件是後人所加，並非《說文》所說：「殸，籀文省」，段注所言良是。不過《說文》保留了籀文的字形，可以上溯甲骨文，比其它古代的字書更爲珍貴。

二、補《說文》禮樂器文字之失收

《說文解字》是中國最早的、規模最大的、內容最豐富、完備的字書，它不可能是完全憑空寫成，必然有一個廣泛而堅實的基礎，那就是早期的字書。《說文·敘》中提到《史籀篇》、《倉頡篇》、《爰歷篇》、《博學篇》、《訓纂篇》，據《漢書》所載還有《凡將篇》、《急就篇》、《元尚篇》，此外如《爾雅》雖未涉及文字的形體結構和音讀問題，亦必爲《說文解字》所吸收，雖然《說文》集各家之大成，又增補了不少資料，但因時代因素，仍不免有遺漏者。以下就異文及漏奪字兩方面作討論。

（一）補《說文》之異文

許慎解說字頭時，有時於該字之後附錄與該字頭音義完全相同，但在形體上卻存在差異的字形，許慎稱之爲「重文」，意即重出之字。《說文》收字9353字，注明重文者爲1136字。亦即正文的異體字。

裘錫圭在《文字學概要》中提到：

> 異體字就是彼此音義相同而外形不同的字。嚴格地說，只有用法完
> 全相同的字，也就是一字的異體，才能稱爲異體。但是一般所說的
> 異體字往往包括只有部分用法相同的字。嚴格意義的異體字可以稱
> 爲狹義異體字，部分用法相同的字可以稱爲部分異體字，二者合在

〔註28〕中國科學院考古研究所編，《甲骨文編》，頁 385～386。

一起就是廣義的異體字。〔註29〕

所謂異體，是相對於正文而言，也就是《說文》於正文下附錄的音義相同而形體不同的文字。《說文》之正例，以小篆爲正文，古籀爲重文；變例則以古籀爲正文，小篆爲重文。許錟輝《文字學簡編》中曾提到重文的價值，有五點：存初文、考古音、正形誤、證許說、保留文獻資料〔註30〕。篆文或體擴大了篆形數量，籀文和古文則把時代提前到了戰國，均有不容忽視的價值。

異體字是歷史的概念，是歷時性的，可以考見不同時代的文化訊息。異體字同時也是共時性的，可以考見不同地域人類對於事物的不同認知的文化訊息。異體字爲漢字自身發展的見證，可以考見漢字構形方法演進的軌跡。異體字是爲社會生活的產物，可以考見政治、文化、社會習俗對其影響〔註31〕。可見異體字深具文化考古價值。

隨著清代《說文》學的興盛，重文的研究也不斷湧現，如：清代蕭道管的《說文重文管見》、曾紀澤《說文重文本部考》，近代朱孔彰《說文重文考》、沈兼士《漢字義讀法之一例——說文重文的新定義》，值得注意的是，馬敘倫爲撰寫《說文解字六書疏證》，而總結出來的《說文》研究條例——《說文解字研究法》〔註32〕共七十二篇，涉及重文的內容有「說文篆文」、「說文古文」、「說文籀文」、「說文奇字」、「說文或字」、「說文俗字」、「說文今字」、「說文正文重文異字」、「說文異部重文」等九篇，對清代以來《說文》重文研究有全面而系統的總結。1993 年東海大學方怡哲的碩士論文《說文重文相關問題研究》及 2008 年王平的《說文重文系統研究》〔註33〕也都有參考的價值。

《說文》中的異體字，如以下數字：

1、尊之異形有簨、甒、罇、墫、樽等，或从土或从木是爲取其材質而造字，或从廾或从寸是從構形方法演進之需要而產生，或从缶或从瓦是因爲製作器皿之方式或材料不同而造字〔註34〕。

〔註29〕裘錫圭，《文字學概要》（北京：商務印書館，1988 年），頁 205。

〔註30〕許錟輝，《文字學簡編》（台北：萬卷樓出版社，1999 年 03 月），頁 128。

〔註31〕韓偉，《漢字字形文化論稿》，頁 270～279。

〔註32〕馬敘倫，《說文解字研究法》（上海：上海商務印書館，1933 年）。

〔註33〕王平，《說文重文系統研究》（上海：華東師範大學出版社，2008 年 12 月）。

〔註34〕韓偉，《漢字字形文化論稿》，頁 270～279。

2、匜字，金文有獨體象形也，从皿之盇，从金之鉈，从金、从皿之鑑，異體亦多，各有功能。

3、盨字，金文中有各種不同的異體，分別是不从皿的⬚（周雝盨），从皿的⬚（鄭義羌父盨），从升的⬚（師克盨），从米的⬚（杜伯盨），从木的⬚（鄭井弔盨），从金的⬚（弔姑盨）〔註35〕。从米者爲象盨是盛放黍、稷、稻、梁等飯食的器物；从木、从金者則爲盨的材質；从皿、从升者則爲說明盨之功用。小篆作从皿的⬚。

4、簋字，甲骨文、金文常出現皀字，魯實先先生《文字析義》、季旭昇《說文新證》〔註36〕都認爲，簋之初文爲⬚（甲878）、⬚（存下764）象簋形，上爲簋蓋、中爲簋體，下爲圈足，其隸定爲「皀」。以甲骨文即、既、饗諸字的⬚皆象食器之形驗之，其說可信。金文多作毀⬚，从殳，皀聲，可補《說文》重文之不足。

5、玦，甲骨文作夬；環，金文作睘；璋，金文作章；璜，金文作黃，都是未加形符的初文，加了形符之後，就成了《說文》所收的形聲字。

（二）補《說文》之漏奪

《說文·敘》云：「今敘篆文，合以古籀，博采通人，至於小大，信而有證。稽譔其說，將以理群類，解謬誤，曉學者，達神恉。分別部居，不相雜廁也。萬物咸睹，靡不兼載。」（頁771）可知許慎成書力求完備，企圖收羅此前所有文字。但任何字書都不可能沒有缺漏，前此所有文字，許慎實際上無法網羅完全，故後代字書便相繼問世，如曹魏李登的《聲類》已增補了兩千一百六十七字，晉代呂忱《字林》問世，又增收了一千三百九十四字，《字統》、《廣雅》《玉篇》等書更將收字的字數增加到兩萬左右。

以許慎所處時代爲基準，對《說文》漏奪字有計畫有系統作全面性補正的當從宋代徐鉉始，其書補綴闕漏19字，又增加新附字402字。清代段玉裁取二徐《說文》詳加注釋，於原書收字之漏落處，多有增補，計31文。之後學者，更有專著行世，如王煦《說文五翼》之拾遺、鄭珍《說文逸字》（補165文）、張鳴珂《說文逸字考》、雷浚《說文外篇》（補1618字）、王廷鼎《說文

〔註35〕容庚，《金文編》，頁341。

〔註36〕季旭昇，《說文新證》，頁365。

佚字輯說》等，所補得失互見，未必盡爲《說文》漏奪〔註37〕。到了二十世紀中，許多地下文物出現，更能證明古籍中所收之字有許慎因時代因素所遺漏者。以下就《説文》禮樂器漏奪字舉數例，如飲食器可補：

1、盠字，🅰（晉公盠），字從皿奠聲。見容庚《金文編》。《説文》所無。《方言》：「甄，甖也。秦之舊都謂甄。」《玉篇》：「甄，除政切。」……甄（盠）之上古音爲定紐，耕部，去聲，盠爲甄之古文，爲盛水或冰之器〔註38〕。高明的《古文字類編》〔註39〕也收錄此字。《説文》未收入，可補。

2、盞字，《廣韻》釋爲小杯〔註40〕。春秋〈王子申盞盂〉作🅰〔註41〕，戰國〈大廈鼎〉作🅰〔註42〕，高明的《古文字類編》也收錄此字，又有戰國〈簡‧望山 M2〉🅰〔註43〕。

3、盨字，《廣韻》作「盨，以瓢爲飲器也。」〈盨駒尊〉作🅰，〈九年魏鼎〉作🅰，高明的《古文字類編》未收錄此字。

4、盅字，收於《類篇》、《集韻》中，同「盅」〔註44〕，〈杞伯盅〉作🅰。《説文》：「盅，器也。」《漢語大字典》解作一種燒水或熬煮食物的器皿。〈史盅父鼎〉作🅰。高明的《古文字類編》也收錄此字〔註45〕。小篆作🅰。

5、鈃字，高明的《古文字類編》收錄此字，意同盃，戰國〈子盒子釜〉作🅰〔註46〕，徐中舒《漢語古文字字形表》中無。

6、鐳字，高明的《古文字類編》認爲「經傳作會，食具。」春秋〈陳財殷〉作🅰，戰國〈军氏會〉作🅰〔註47〕。

〔註37〕江舉謙，《説文解字綜合研究》（台中：東海大學，1970年1月），頁247～262。

〔註38〕陳初生，《金文常用字典》（西安：陝西人民出版社，1987年），頁547～548。

〔註39〕高明，《古文字類編》（台北：大通書局，1986年），頁318。

〔註40〕上聲‧二十六產，阻限切。余迺永校註，《新校互註宋本廣韻》（台北：里仁書局，2010年9月），頁288。

〔註41〕徐中舒，《漢語古文字字形表》（台北：文史哲出版社，1982年4月），頁191。

〔註42〕同上注。

〔註43〕高明，《古文字類編》，頁316。

〔註44〕《漢語大字典》，頁2561。

〔註45〕高明，《古文字類編》，頁315。

〔註46〕高明，《古文字類編》，頁513。

〔註47〕高明，《古文字類編》，頁515。

7、甋字，收錄於《廣雅・釋器》：「甋，瓶也。」為古代盛物的瓦器。〈國差罎〉作[字][註48]，瓦與缶字於金文中往往互換，故徐中舒《漢語古文字字形表》中收錄[字]為甋字之古文。高明的《古文字類編》也收錄此字[註49]。

8、椹字，收錄於戰國〈中山王召域圖〉作[字][註50]，收於《玉篇》，是匕名，今作匙字。高明的《古文字類編》也收錄此字[註51]。

如樂器類可補龠字，《玉篇》作東方音[註52]。見《廣韻》一作東方音[註53]，一作樂器[註54]。〈盟爵〉作[字][註55]。高明的《古文字類編》也收錄此字[註56]。

三、正《說文》禮樂器形構之譌誤

《說文》所錄小篆是秦統一天下後的文字，去古已遠，古說漸漓，難免有演變失真或許氏見理未瑩之處，故在字形之分合或形構之解析方面，有時難免發生錯誤。

（一）正《說文》分字之誤

一個字往往有許多異寫方式，或為繁簡不同，或為聲符部件不同，或為局部、整體不同，是為一字之異體。同是器具，或从皿、瓦、缶，或从木、石、金等，反映的是器物的材質或是功用，一字往往有多義，造字者從不同面象選擇表義字之部件，亦有許多選擇的空間。在漢字的發展中，形聲字是為了解決象形文字的局限而產生的，增加形旁是形聲字產生的主要途徑，形旁換用的頻率越高，所概括的意義範圍就越大[註57]。諸如此類，都會影響到文字分合之判斷。不同的字形，究竟是一字之異形，或兩字之殊構，就不能不謹慎處理。

〔註48〕徐中舒，《漢語古文字字形表》，頁 201。

〔註49〕高明，《古文字類編》，頁 321。

〔註50〕徐中舒，《漢語古文字字形表》，頁 226。

〔註51〕高明，《古文字類編》，頁 290。

〔註52〕《玉篇》元刊本，龠部，頁 150。

〔註53〕入聲・一屋・盧谷切，《廣韻》，頁 450。

〔註54〕入聲・四覺・古岳切，《廣韻》，頁 464。

〔註55〕徐中舒，《漢語古文字字形表》，頁 79。

〔註56〕高明，《古文字類編》，頁 9。

〔註57〕王平，《說文重文研究》，頁 119。

1、《說文》誤以一字為二字

如鼓字的初文作「壴」。《說文・壴部》：「壴，陳樂立而上見也。」壴字甲骨文作 🯅（甲五二八）〔註58〕或較為複雜的 🯅（乙四七七〇）〔註59〕，金文作 🯅（0759 女壴方彝）〔註60〕，小篆作 壴。字形上部像鼓飾，中間像鼓身，下部像承鼓之架。後來在又衍生出鼓、鼓兩字。

《說文・鼓部》：「鼓，郭也。春分之音，萬物郭皮甲而出，故曰鼓。从壴、从屮又，屮象垂飾，又象其手擊之也。……凡鼓之屬皆从鼓。」鼓字，《甲骨文編》中收錄二十八個，除「壴」及「支」的左右位置不固定之外，無太大差別，大多呈 🯅（甲一一六四）、🯅（乙四六八四）〔註61〕之樣貌，可看出早期字形尚未完全固定，尚未有統一文字。金文有从支之 🯅🯅（0763 克鼎）〔註62〕，🯅🯅（0763 觶文），也有不从支的獨體象形 🯅（0763 王孫鐘）〔註63〕，小篆作 🯅。鼓鎚不成文，應作合體象形。

《說文・支部》：「鼓：擊鼓也。从支，从壴，壴亦聲。」鼓字不見於現存之甲骨文中。金文作 🯅（0535 洹子孟姜壺）〔註64〕，小篆作 鼓。

壴部和鼓部，共收十五字，大多與鼓名或鼓聲有關。鼓與鼓既同為擊鼓，字形亦相近，故《龍龕手鑑・支部》以鼓為今字，鼓為正字。壴則為鼓字之初文，教育部《異體字字典》亦將鼓、鼓二字作異體釋。然則鼓、鼓二字實為一字之異體，只因結構不同，且各有從屬，故《說文》分列二部，而不聚於一部，以正文重文處理，亦足見其重要性，今則統一為鼓字。

2、《說文》誤以二字為一字

圭字不見於《古文字詁林》中，《新甲骨文編》中收錄 6 個圭字，皆與今日所見圭形似，可信。金文皆从雙土而作會意字的〈師遽方彝〉之 🯅、〈多友

〔註58〕中國科學院考古研究所編，《甲骨文編》，頁 218～219。

〔註59〕中國科學院考古研究所編，《甲骨文編》，頁 218～219。

〔註60〕容庚，《金文編》，頁 328。

〔註61〕中國科學院考古研究所編，《甲骨文編》，頁 220。

〔註62〕容庚，《金文編》，頁 329。

〔註63〕李圃主編，《古文字詁林》第五冊，頁 89～90。

〔註64〕容庚，《金文編》，頁 219。

鼎〉之圭、〈召伯簋二〉之圭〔註65〕。小篆遵循金文从雙土如圭，圭字爲玉部禮器唯一不从玉的字，唯其古文作从玉的珪。蓋玉與土本質相類似。其實以文字之演變言，應是先有圭，後加上玉旁爲「珪」字，經典中圭、珪皆有。依許、段之意，圭、珪是一字之異體，然魯實先先生《文字析義》云：「（圭）以土圭爲本義。從二土者，一以示其質，一以示其度地之用。……圭從二土會意，土不駢列者，所以象範土而高。大圭、鎮圭……之屬，其質皆玉，故以典瑞掌之，而以玉人治之。以其形如土圭，故名之曰圭。……自圭而孳乳爲珪，則爲瑞玉之本字。……審此則圭珪義各有主。許氏徒見典瑞與玉人皆作圭，故誤以圭珪爲一字。則圭之從二土會意者，義不可通矣。」〔註66〕誠如其說，圭珪本是二字，許書誤合爲一。

（二）正《說文》類例之誤

六書是爲漢儒對於文字結構的一套分類系統，近代學者對於六書的異說頗多，也有學者對於六書的分類加以改造，如唐蘭、陳夢家、裘錫圭的三書說，而各家對於六書的解釋也稍有不同。以下就《說文》段注中，誤以獨體象形爲合體象形、誤以象形爲會意、誤以獨體象形爲形聲、誤以形聲爲會意、誤以形符不成文之形聲爲形聲五類舉例說明：

1、誤以獨體象形為合體象形

如壺字：

甲骨文	甲骨文	金文	金文	金文	睡虎地秦簡	陶文	小篆
前 5.5.5	庫 203	魯侯壺	伯戔壺	函皇父簋	秦 47	3.836 祭壺	頁 500

甲骨文、金文的部分字形、陶文、睡虎地秦簡乃至小篆，大多呈獨體象形。魯實先先生及蔡信發先生認爲《說文》云：「象形。从大，象其蓋也。」是誤以獨體象形爲合體象形，因「从」乃根據、依循之意，其下必爲獨立之文字，故「从大，象其蓋也。」，當作「大，象其蓋也。」〔註67〕

〔註65〕容庚，《金文編》，頁 887。

〔註66〕魯實先，《文字析義》（台北：魯實先全集編輯委員會，1993 年 6 月），頁 785。

〔註67〕蔡信發，《六書釋例》，頁 76。

如豆字：

甲骨文	甲骨文	金文	古文	小篆
𣅿	𣅿	𣅿	𣅿	豆
乙 7978 反	18634（後 2.7.14，AB）	散盤	頁 209	頁 209

甲骨文象豆型器的模樣 𣅿 〔註68〕（乙七九七八反）、《甲骨文字編》於豆字（3526）後一字號 3527 收錄作上方多一手拿取豆型器內食物的 𣅿 〔註69〕，亦可能象未闔蓋之豆。金文象豆形器作 𣅿 〔註70〕（散盤）。高田忠周認為：「◻ 其體也。故或作◻，一所盛之肉意，指事也。又 ◻ 上一橫即象蓋也。又 ◻ 下作 ∩ 或作 ∦，以象豆脛也。」〔註71〕（《古籀篇》二十二）依字釋物，頗為詳細。古文豆作 𣅿，小篆與今日使用楷書相似，作 豆。甲骨文、金文、小篆皆全象豆形器之形，但《說文》解為「从◻，象形。」其誤與壺之「从大」同，逕云「象形」即可。

2、誤以象形為會意

壴字甲骨文	壴字甲骨文	壴字金文	壴字小篆
𣅿	𣅿	𣅿	壴
甲 528	乙 4770 亦古文壴	0759 女壴方彝	頁 207

鼓字的初文作「壴」。《說文‧壴部》：「壴，陳樂立而上見也。从屮豆。」壴字甲骨文作 𣅿（甲五二八）〔註72〕或較為複雜的 𣅿 （乙四七七〇）〔註73〕，金文作 𣅿（0759 女壴方彝）〔註74〕，小篆作 壴。字形上部像鼓飾，中間像鼓身，下部像承鼓之架。為獨體象形，許氏解為「从屮豆」則誤為會意了。

〔註68〕中國科學院考古研究所編，《甲骨文編》，頁 221。

〔註69〕李宗焜，《甲骨文字編》，頁 1090。

〔註70〕容庚，《金文編》，頁 330。

〔註71〕李圃主編，《古文字詁林》第五冊，頁 98。

〔註72〕中國科學院考古研究所編，《甲骨文編》，頁 218～219。

〔註73〕中國科學院考古研究所編，《甲骨文編》，頁 218～219。

〔註74〕容庚，《金文編》，頁 328。

3、誤以獨體象形為形聲

如鼎字甲骨文字形頂部象兩耳，中部象鼎腹，下部為足，足的左邊與右邊短橫象足部裝飾。許慎在《説文》中已將鼎形器的特徵説出：「三足兩耳，和五味之寶器也。」也用「寶器」來點出其尊貴的特性，金文象三足無蓋兩耳圓鼎狀。小篆歷經演變，趨於符號化、線條化、美術化，筆勢增多，筆意減少，但仍應為獨體象形，小徐本作「象析木吕炊」，段注作「貞省聲」，則為形聲，皆非。小篆作鼎。

4、誤以形聲為會意

如簋字：

甲骨文	甲骨文	金文	金文	金文	金文
♀	♀	𦥑	𦥑	𦥑	𦥑
甲 878	存下 764	厥簋	且戌簋	師虎簋	

古文	古文	古文	小篆
𣪇	𣪇	𣪇	簋
从匚食九	从匚軌	頁 193	頁 193

《説文》：「皀，穀之馨香也。象嘉穀在裹中之形，匕所以扱之。或説皀，一粒也。又讀若香。」（頁 219）又：「簋，黍稷方器。从竹、皿、皀。」（頁 195～196）二字形音義皆無關係。然魯實先先生《文字析義》云：

> 案皀為簋之象形。……《説文》謬釋形義。《説文》云：「讀若香」者，乃以鄉音擬之。《廣韻》音彼及切者，乃以鴇音擬之。音居立切者，乃以扱音擬之。音彼側切者，則又鴇之音變。是其音讀曾無定準。蓋以不知皀之音義，故爾如斯。……自皀而孳乳為从竹、皿、皀聲。《説文》不識皀之音義，故誤以會意釋簋。〔註75〕

謂皀為簋之初文，以甲骨文作♀（甲 878）及♀（存下 764），正象食器之形，

〔註75〕魯實先，《文字析義》，頁 104～105。

金文加攴作🐚（戲簋）、🐚（且戌簋）〔註76〕、🐚（師虎簋）〔註77〕，再衍爲小篆之簋，演變線索歷歷可指，其說應屬可信，故季旭昇《說文新證》亦從之〔註78〕。至其謂簋應從竹、皿、皀聲，而非從竹、皿、皀會意，以「無聲字多音」及「形聲字以聲符爲初文」之說衡之〔註79〕，也有相當理據。因爲簋既從皀，皀又爲簋之初文，則從皀自不如皀聲爲得其宜。

5、誤以兼聲半字為形聲

黃侃在〈說文略說〉裡以爲由文入字，中間必經過半字一級〔註80〕，因而近代文字學家主張將漢字結構分爲初文、準初文、合體字三種。亦即在許慎兩分法的基礎上，加上半字或準初文。半字由兩個或兩個以上的部件構成，拆開之後，有的部件成字，有的部件不成字。可再分合體、省變、兼聲、複重四類。兼聲是聲符成文，形符不成文，如果兩者皆成文就是形聲。複重是形符有的成文，有的不成文，如果兩者皆成文，就是會意。《說文》中的甬字，許慎的說解：「艸木華甬甬然也。從�、用聲。」（頁320）是爲形聲。但魯實先先生《文字析義》云：「〈考工記·鳧氏〉云：『舞上謂之甬，甬上謂之衡。』此正甬之本義。……甬從用聲象形，……此皆形聲字之形不成文者。……（許氏說）亦爲誤釋形義也。」〔註81〕誠如其說，則甬乃形符不成文的兼聲半字，許氏誤爲形聲。

四、辨《說文》禮樂器字形之演變

字形會隨著時空的不同，而孳乳演變，一如禮制，有因革損益的現象。以下從《說文》字形與古文字一脈相傳及《說文》字形與古文字演變歧異兩方面

〔註76〕容庚，《金文編》，頁297。

〔註77〕容庚，《金文編》，頁298。

〔註78〕季旭昇，《說文新證》，頁365～366。

〔註79〕無聲字指象形、指事、會意等非形聲字，因造字者非一人，故其音亦非一，如已有杞、妃二音，丨有進、退、棍三音，謂之「無聲字多音」（引自陳新雄〈無聲字多音〉）。又，造字之初，多以非形聲字爲初文，後在初文之外加形符成爲形聲字，故「形聲字以聲符爲初文」。如杵之初文爲午，雲之初文爲云，裘之初文爲求。

〔註80〕黃侃，《黃侃論學雜著》（台北：學藝出版社，1969年月5月），頁3～4。

〔註81〕魯實先，《文字析義》，頁811。

來看。甲骨文、金文時期，字形尚未固定，更談不上統一。甲骨文的符號主要來源於客觀事物的圖像，較爲原始，許多形體還沒有成爲定型，因此一字或正書，或反書，或倒書，方位不同，實同爲一字，故字形之位置不同者，不列入演變歧異處。

（一）《説文》字形與古文字一脈相傳者

秦以小篆統一文字，《三倉》共有 3300 字，其後，《説文》繼續對小篆進行規範與統一，從字體上來看，構件的數量與位置大抵固定，這是小篆對於漢字標準化、規範化的重要貢獻。自此之後，雖然漢字又經隸變和楷化，但在結構上大體傳承小篆而來。

如飲食器中的匕字：

甲骨文	甲骨文	金文	金文	金文	小篆
甲 3557	前 4.8.2	瘦匕	戈姀辛鼎	我鼎	頁 388

甲骨文作 ∮（甲三五五七）或 ∖（前四、八、二）〔註82〕。金文作 ∖（瘦匕）、∫（戈姀辛鼎）、∖（我鼎）等〔註83〕。本象鞠躬或伏臥之人形，段氏從許書以匕之本義爲相與比敘，引申爲飯匙。魯實先先生《文字析義》則云：「案匕於卜辭作∮、∖、∫、∖，彝銘作∫、∖，並象匙之曲柄下垂，《説文》云：『匕，相與比敘也，從反人。』是誤以比之引申義而釋匕，誤以形近於人，而爲人之反書矣。」〔註94〕以匕本義爲飯匙，引申爲相與比敘。二説不同，然匕之形體字甲骨文、金文以迄小篆，並無差異。

如樂器類的鐸字：

金文	金文	金文	睡虎地秦簡	小篆
中山王𧊒鼎奮桴農鐸	峀𠂤君鼎鐸其吉金	□外卒鐸	頁 208	頁 716

〔註82〕中國科學院考古研究所編，《甲骨文編》，頁 349。

〔註83〕容庚，《金文編》，頁 575。

〔註94〕魯實先，《文字析義》，頁 180。

　　鐸字不見於現存之甲骨文中。金文〈中山王礐鼎〉作 ![字] 〔註95〕，又有作 ![字] 者，《睡虎地秦簡文字編》作 ![字] 〔註96〕，與《說文》小篆並同。唯金文〈𡃨訏君鼎〉作 ![字] 〔註97〕， ![字] 字下方從卄，正如金文中擇字作 ![字] ，也從卄，可見是一貫的現象。

　　如敔字：

金文	金文	金文	金文	金文	金文	小篆
![字]	![字]	![字]	![字]	![字]	![字]	![字]
毛公𣆶鼎	敔簋	攻敔王光戈	攻敔減孫鐘	梁伯敔簋	夫差劍	頁 127

　　《金文編》中收錄不從攵，吾字重見的 ![字] 〔註98〕（0538）（毛公𣆶鼎），但也有吾字在左邊的 ![字] 〔註89〕（敔簋），出土金文以後者為多，如： ![字] （攻敔王光戈）、 ![字] （攻敔減孫鐘）皆是，《新見金文編》〔註90〕中西周中期梁伯敔簋、春秋晚期夫差劍上的敔字也是如此，可見金文之敔，或不從攵，或吾重見，或吾有口或無口，但基本上與小篆接近，一視可知。

　　又如缶字：

甲骨文	甲骨文	金文	金文	金文	包山楚簡文字編	小篆
![字]	![字]	![字]	![字]	![字]	![字]	![字]
甲·22.4 方國名	前 8.1.1.1	從口缶鼎	蔡侯黻缶	宿兒缶	2.265	頁 227

　　《甲骨文編》收錄了十個以上的缶字〔註91〕，大多呈 ![字]（甲·二二·四　方國名）、 ![字]（前八·一·一·一）之形，《金文編》所收字形也與甲骨文相差

〔註95〕容庚，《金文編》，頁 915。

〔註96〕張守中，《睡虎地秦簡文字編》，頁 208。

〔註97〕容庚，《金文編》，頁 915。

〔註98〕容庚，《金文編》，頁 329。

〔註89〕容庚，《金文編》，頁 329。

〔註90〕陳斯鵬、石小力等編（福州：福建人民出版社，2012 年 5 月），頁 105。

〔註91〕中國科學院考古研究所編，《甲骨文編》，頁 241。

不大，如 ![字] （从口缶鼎）、![字] （蔡侯驫缶） 〔註92〕，《新見金文編》中，也收錄春秋晚期的宿兒缶的 ![字] 〔註93〕，《包山楚簡文字編》作 ![字] （2.265），小篆作 ![字]，正是一脈相承。擊缶的方式，可從缶字的古文字中發現，缶字由「午」和「⼕」兩個形符所構成。上面的「午」，就是杵，即作鼓槌、缶槌之用的木棒；下方的「⼕」，是作爲瓦器的缶，爲象形之字。

（二）《說文》字形與古文字演變歧異者

部分的漢字，從甲骨文、金文演變到小篆的過程中，或部分部件字形訛變，或簡省增繁、或別異，甚至有一部分的象形字加上形符轉變爲形聲字。以下就上述幾點分類敍述：

1、無聲字形聲化

由漢字的發展可看出，當一個字形記錄的義項過多時，會減低此字的字義區別性，爲解決表達文字的矛盾，象形字往往形聲化，這就是形聲字以聲符爲初文，有助於古文字本字、本義的探討。如以下三字，

（1）瓚字

金文	金文	金文	金文	小篆
![字]	![字]	![字]	![字]	![字]
戈父辛鼎	小盂鼎	毛公鼎	榮仲方鼎 〔註94〕	頁 11

瓚字不見於現存之甲骨文中。金文作 ![字]（戈父辛鼎）、![字]（小盂鼎）、![字]（毛公鼎），古文字學者均隸定爲「鬵」，迄無異辭，郭沫若曾將此字釋爲「甗」而讀作「瓚」，謂「鬵乃古甗字，象形。」〔註95〕後王愼行認爲「甗」、「瓚」同屬元部字而通假使然。「鬵」在商周金文，多被用於賞賜之物。將古籍與金文相互交驗後，益知得「圭鬵」爲「圭瓚」者，信而有徵〔註96〕。又《新見金文字編》中收錄《榮仲方鼎》的 ![字]，是金文皆爲象形，小篆作 ![字]，改爲從

〔註92〕容庚，《金文編》，頁 367。

〔註93〕陳斯鵬、石小力等編，頁 163。

〔註94〕《文物》，2005（9），頁 64。

〔註95〕郭沫若，《金文叢考》，頁 267。

〔註96〕王愼行，〈瓚之形制與稱名考〉，《考古與文物》，1986 年第 2 期。

玉、贊聲之形聲字。

（2）簠字

甲骨文	金文	金文	金文	古文	小篆
新 1532，前 6.35.4	癰簠	曾仲斿父甫	厚氏匡	頁 196	頁 196

　　《甲骨文編》中沒有收錄簠字，《續甲骨文編》中收錄 （新 1532，前 6.35.4）。金文簠字从三種部首，一是从竹甫聲不从皿的 （癰簠），一是省竹為甫的 （曾仲斿父甫），另一是从匚為匡的 （厚氏匡）〔註97〕。古文作从匚夫聲的 ，小篆作从竹，从皿，甫聲的 （頁 196），與甲骨文之象形者不同，與金文之形符亦有出入。

（3）鐔

金文	金文	小篆
陳侯午鐔	公克鐔	頁 718

　　鐔，《說文》作鑣。鐔字不見於現存之甲骨文中。金文〈陳侯午鐔〉作臺，《說文》臺字云：「孰也，从亯、羊。」段注：「凡从臺者，今隸皆作享，與亯隸無別。」（頁 232）是臺為會意字，乃鐔字初文。〈陳侯午鐔〉又作鐔，正是从金，臺聲的後起字，與今楷書相同。唯鐔从臺，不从亯，楷書臺、亯皆混同為享，不可不辨。金文另有〈公克鐔〉作下方从皿的 〔註98〕，或許是皿與鑣形相似的關係。至於小篆鑣則从金，歚聲（頁 718），因歚亦从臺得聲，故鐔、鑣二字同音。總之，由臺孳乳為鐔、鑣乃是無聲字形聲化。段注本小篆作 （頁 718）。大徐本小篆作 〔註99〕，結構相同，偏旁位置略有不同。

〔註97〕容庚，《金文編》，頁 301～302。

〔註98〕容庚，《金文編》，頁 918。

〔註99〕唐寫本、宋刊本《說文解字》，頁 482。

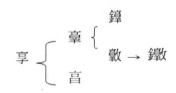

漢字中形聲字的數量最多，是爲主流造字方式，但其基礎是建立於象形、指事、會意三種造字法上，也表現在由古文演化到小篆的過程中。

2、字體演變失真

（1）爵字

甲骨文	金文	金文	古文	小篆
390	0832	爵且丙尊	頁 220	頁 220

從甲骨文、金文的字形來看，看得見二足及三足。二足如：《續甲骨文編》中：（390）、（2461）、三足如《金文編》中：（0832）父癸卣〔註100〕、爵且丙尊〔註101〕。根據實際出土器物推測，可知爵三足下可置火溫酒，是三足的原始功用。《說文》古文作，段注：「首尾喙翼足具見，爵形即雀形也。」小篆作，從鬯、從又，上象雀形，與甲骨文、金文已大不相同。

（2）斗字

甲骨文	甲骨文	金文	陶文	小篆
甲 2	337	秦公簋	3.1029	頁 724

斗的甲骨文爲獨體象形，象一舀酒的工具之形，上爲斗杯，下爲斗柄。如《續甲骨文編》，（甲2）、（337）。金文的構字原理與甲骨文一脈相承，如〔註102〕（秦公簋）。陶文與金文相似，作（3.1029），皆是獨體象形。小篆作將斗杯的兩沿分爲兩斜面，再加上斗柄上的一個短橫，排成相同長短

〔註100〕容庚，《金文編》，頁 356。

〔註101〕容庚，《金文編》，頁 356。

〔註102〕容庚，《金文編》，頁 928。

的三個斜面，就比較看不出來原本的意思了。

3、字形流衍紛歧

（1）盨字

金文	金文	金文	金文	金文	金文	小篆
不從皿，周雒盨	從皿，鄭義羌父盨	從升，師克盨	從米，杜伯盨	從木，鄭井弔盨	從金，弔姞盨	頁 214

　　盨字不見於現存之甲骨文中。金文中有六種不同的盨字，分別是不從皿的〈周雒盨〉，從皿的〈鄭義羌父盨〉，從升的〈師克盨〉，從米的〈杜伯盨〉，從木的〈鄭井弔盨〉，從金的〈弔姞盨〉[註103]。從米者爲象盨是盛放黍、稷、稻、粱等飯食的器物；從木、從金者則爲盨的材質；從皿、從升者則爲說明盨之功用。小篆作從皿須聲的，與金文之〈鄭義羌父盨〉相同，與其餘金文則有別。從字形之多歧，足見秦統一文字前，字形不固定。但又可看出造字者之著眼點各有不同，足以廣《說文》之異文。

（2）鬲字

甲骨文	甲骨文	金文	金文
合集 201 正	合集 34397	集成 2837 大盂鼎	集成 4300 作冊夨令（殷）

說文或體	說文或體	小篆
頁 112	頁 112	頁 112

　　甲骨文作呈三足之器物形，或以立體或線條呈現。金文作三足之，或爲足狀形訛變爲的，亦爲象形字。小篆作。甲金文較小

[註103] 容庚，《金文編》，頁 341。

篆肖物形。《說文》或體甄字爲从瓦，鬲聲之形聲字，另一或體歷則爲从鬲，麻聲之俗字，字形流衍紛歧。

（3）彝字

甲骨文	甲骨文	金文	金文	金文
前 5.1.3	京都 1841	董監鼎	宵簋	仲簋

金文	金文	小篆	古文
競之定豆甲〔註104〕	夷曰匜〔註105〕	頁 669	頁 669

甲骨文作（前五‧一‧三）象兩手捧雞之形，或非從糸、米作〔註106〕（京都一八四一）。《金文編》收錄了多達八面的「彝」字金文，如：象兩手捧雞的〈董監鼎〉，或構形較爲扁平的〈宵簋〉，或兩隻手已轉成「廾」形的〈仲簋〉〔註107〕。後代字形除了捧雞外，也捧米作祭。《新見金文字編》中收錄春秋晚期的〈競之定豆甲〉較近於古文，另外收錄〈夷曰匜〉，與〈董監鼎〉構件左右相反。小篆作，古文彝有二字，分別作及。字形演變亦較紛歧。

第二節　在《說文》禮樂器訓詁方面的價值

《說文解字》說解的文字十三餘萬言，平均每個字頭只用 12 字解釋。除詮釋字義、分析結構外，也常雜引「通人」，引證典籍，或描述名物性狀，或介紹文化知識，或說明引申叚借，或用以存異闕疑，內容十分精要而豐贍。在禮樂器訓詁方面當然也保存了不少可信的資料，但也有說解疏失、形制未詳之處宜

〔註104〕《文物》，2008（1），頁 28。

〔註105〕新收 1670。

〔註106〕中國科學院考古研究所編，《甲骨文編》，頁 506。

〔註107〕容庚，《金文編》，頁 864～869。

加以訂正補充，文化意涵未瞭之處宜加以闡發，在這些方面，地下文物、文獻都可充分發揮其作用。至於有關形構分析方面，已見於上節，於此不復贅述。

一、證《說文》禮樂器訓詁之可信

　　許慎作《說文解字》，博覽群書，常引經據典，或依傍通人之說，若古籍經典無其說，許慎便自行說解。裘錫圭在〈說文與出土古文字〉中認為《說文》保存大量早於隸書的古漢字字形，這些字形雖不見於其它傳世古書，但卻見於出土古文字資料。這些古說既不見於其它傳世古書，也不能在這些古書中得到印證，但卻跟出土的古文字資料相合，這既說明《說文》對出土古文字研究的重要性，同時也說明只有通過出土古文字才能充分了解《說文》的巨大價值〔註118〕。以下列舉數例證明《說文》禮樂器訓詁之可信：

（一）斗

　　《說文》釋斗為「十升也。」已是其引申義。但又云：「象形，有柄。」十升容量頗為龐大，從無加柄者，唯酒斗始有柄，可見斗原有舀酒器的功用。《詩經·行葦》：「酌以大斗。」為本義舀酒器也，杜甫〈飲中八仙歌〉詩云：「李白斗酒詩百篇。」亦用本義。《經典釋文·毛詩音義下》云：「字又作枓。」後加上木部，《說文》作：「枓，勺也。」（頁 263）「枓」字表本義，顯示斗原為勺子，為舀液體的器具，後為量器功能，一斗為十升。可知斗、枓、勺三字義同。

　　斗的用途，歷來在學界中有幾種解釋：主要以斗為酒器說，另一則是斗為大酒杯、另外裘錫圭則是主張斗為量米之器〔註109〕。筆者認為斗的本義為舀酒之勺，後引伸為容量單位。《說文》酒斗與量器二義並存，可見其義之全，唯宜先釋本義，再釋後起義，以免滋生混淆。

（二）瓏

　　瓏字，許慎於《說文》中解為「禱旱玉。」是其功能，至其形制並無說明，只知是天旱祈雨所用的龍形玉器。又段注釋「禱旱玉」是「未聞」，表示至段玉裁的時代，瓏字已未有此功能。學界一般的看法認為，龍可能是上古時代的想像生物，古人不明天象，雷雨來時，天上便有閃電出現，古人不知

〔註118〕裘錫圭，〈說文與出土古文字〉，《說文解字研究》，頁64。

〔註109〕裘錫圭，《中國出土古文獻十講》（上海：復旦大學出版社，2004年），頁119。

是什麼東西，以為是天上的一種會發出「隆隆」聲音的動物，就把牠讀作龍。龍的出現，總在大雨之時，因此認為牠與雨水有關，天旱之時，向牠求雨，必降甘霖。於是將玉製成龍形，就是「瓏」的來由。至於玉龍是否真的為許慎所說之「瓏」，還有商榷的可能性。龍形的玉器有很多，如環、璜、玦、璧等皆有龍型實物或是刻有龍紋實物出土，據筆者猜想，瓏應為玉龍的一種。

而不管是中國古典文獻《山海經・海內東經》〔註110〕或《淮南子・墜形篇》〔註111〕中都記載有龍與水的關聯性。另外，在日文中，「瀧」意思是「瀑布」，日語正式用字為「滝」〔註112〕。甚至印度龍王咒也是求雨的咒語之一〔註113〕。人們往往從龍聯想到「龍喜歡水」，以龍代表水的象徵或主宰。與《說文》瓏字的「禱旱玉」之說，不謀而合。可見龍在亞洲生活圈與水的關係密不可分。

（三）鼎

《說文》分析鼎之結構：「象析木以炊，貞省聲。」（頁322）固然不正確，但其下云：「古文以貝為鼎，籀文以鼎為貝。」二貝字小徐皆作貞。則是可以在甲骨文、金文中找到證據，裘錫圭〈說文與出土古文字〉說：

> 「鼎」和「貞」的上古音極近，二者都是端母耕部字。在商代，至少在商末之前，商族人沒有專為「貞」這個詞造過字，所以就假借「鼎」字來表示它。〔註114〕

羅振玉《殷墟書契考釋》也說：

> 卜辭中凡言某日卜某事皆曰貞，其字多作 [字形]，與 [字形] 相似而不同。或作鼎，則正與許君以鼎為貞之說合，知確為貞字矣！〔註115〕

可見古文、籀文之用字淵源有自，許氏熟習古籀，故所言絲毫不差。只是後人不瞭，以致將二貞字皆誤書為貝，幸小徐猶存其真。

〔註110〕清・郝懿行，《山海經箋注》（台北：藝文印書館，1974年），頁373。

〔註111〕何寧，《淮南子集釋（上）》（北京：中華書局，1998年），頁363。

〔註112〕陳伯陶，《新時代日漢辭典》（台北：大新書局，2006年），頁1023。

〔註113〕林光明、林怡馨，《梵文咒語ABC》，頁3～13。

〔註114〕裘錫圭，〈說文與出土古文字〉，《說文解字研究》，頁69。

〔註115〕羅振玉，《殷墟書契考釋》卷中，頁18。

二、訂《說文》禮樂器說解之疏失

　　《說文》不僅爲中國第一部分析字形的經典，也是漢語語言學早期最重要的訓詁著作。其訓解文字基本上是認眞嚴肅，而又實事求是，但在詮釋字義或說明名物時，限於主客觀條件，有時還是難免有所疏漏，可透過二重證據法加以訂正。

（一）訂字義說解之誤

　　《說文解字》是中國第一本字典，字頭說解的大多是本義，與本義有關的爲引申義，與本義無關的爲叚借義。雖然許氏解釋大抵正確，但有時誤以引申義爲本義，有時誤以叚借義爲本義，有時甚至誤以他義爲本義，皆宜釐清。

1、誤以引申義為本義

　　圭，《說文》：「瑞玉也。」（頁 700），圭字爲玉部禮器唯一不從玉的字，瑞玉而不從玉，確實令人納悶。魯實先先生認爲其本義爲土圭，乃測量日景短長、度道里遠近之天文儀器，故從二土重疊，以示範土而高。厥後，因珪璋之屬，其形制與之相類，故製珪字作瑞玉之本字，而又常以圭引申作珪使用，許氏不察，遂誤以瑞玉爲圭之本義，不知其爲引申了〔註116〕。誠如其說，則說解圭從土不從玉之故，較爲怡然理順。

2、誤以叚借義為本義

　　鏞，《說文》作「大鐘謂之鏞。」（頁 716）歷來的文字學家對於此字演變也有種種說法。甲骨文中有相當於金文「用」、「甬」、「庸」的字，甲骨文字學者認爲此三字形象頗像古鐘〔註117〕。唐蘭〈古樂器小記〉因而主張「甬」字演變爲「鐘」、「鍾」、「桶」三字〔註118〕；魯實先先生亦謂「用者，鐘之初文，鐘上有穿以象縣鐘之柄，是甬乃鐘甬之本義。」〔註119〕又：「用借爲施行之義，故孳乳爲庸。」〔註120〕「鏞」字《說文》段注云：「鏞，鐘或從甬。鐘柄曰甬。故取以成字。甬亦聲。」（頁 716）可見「用」、「甬」、「庸」、「鏞」、「鐘」等字

〔註116〕魯實先，《文字析義》，頁 785。

〔註117〕曾永義，《儀禮樂器考》，頁 2。

〔註118〕唐蘭，《唐蘭先生金文論集》，頁 349。

〔註119〕魯實先，《文字析義》，頁 810。

〔註120〕魯實先，《文字析義》，頁 49。

之關係密切，實爲一字之演變，而《說文》乃云：「用，可施行也。」（頁 320）
又云：「甬，艸木華甬甬然也。」（頁 320）又云：「庸，用也。」（頁 129）是皆
誤以叚借義爲本義。

3、誤以他義為本義

盨字先秦漢魏之載籍都未曾一見，許氏稱之爲「檳盨」（頁 214），可能是
漢之俗名；解爲「負載器」（頁 214），也是無根之言。但在鐘鼎彝器中以盨爲
名者，爲數極多，如克盨、遣叔吉父盨、杜伯盨……，故不難考見其字義與形
制，容庚《商周彝器通考》云：

> 盨二器，一爲圓，一爲橢圓，其制各別。……其器晚出，至西周後
> 期始有之，與簋同。然春秋戰國期復不見有此類器，其行用之時期
> 至短，故後人無能說之者〔註121〕。

足見盨是盛黍稷之器，橢圓形，與段、簋相類而有別，可以訂《說文》字義說
解之誤。

又如簋字，《說文》：「皀，穀之馨香也。象嘉穀在裹中之形，匕所以扱之。
或說皀，一粒也。又讀若香。」（頁 219）又：「簋，黍稷方器。从竹、皿、皀。」
（頁 195～196）二字形音義皆無關係。然魯實先先生《文字析義》云：「案皀
爲簋之象形。……此證之簋之古文，而知皀爲簋之象形者一也。」〔註122〕謂皀
爲簋之初文，皀之本義爲食器——簋，然《說文》許氏卻解爲「穀之馨香也。」
是爲誤以他義爲本義之例。

（二）訂形制說解之誤

簋，《說文》：「黍稷圓器也。」（頁 196）簋是中國周朝時期所特有的禮器
和炊具，在祭祀和宴會時用於盛放煮熟的穀物。從出土實物來看，如：春秋
早期〈鑄子叔黑臣簋〉、春秋晚期〈蟠虺紋簋〉等，簋的基本形制爲長方形，
侈口兩耳或無耳者，上面有蓋，蓋上多刻有紋路，蓋子和器皿上下對稱，形
狀、大小皆相合，於四周之正中有小獸首下垂，加於器上。有方圈形足或矩
形成圈形足，合時一體，分開時其蓋倒過來也是一器。從古籍來看，《周禮·
地官司徒·舍人》：「凡祭祀，共簠簋，實之，陳之。」鄭玄注：「方曰簠，圓

〔註121〕容庚，《商周彝器通考》，頁 360。
〔註122〕魯實先，《文字析義》，頁 103。

曰簋，盛黍稷器。」〔註 123〕凡出土之簋皆爲方形，合乎鄭玄之說，而非許愼所謂「圓器」也。簋之銘皆在腹內正中，亦有在口上緣者。但出土實物與宋代《三禮圖》之繪畫不甚相似，可能是宋代已無簋之實物，宋人只能依傳世文獻而繪。

三、明《說文》禮樂器形制之欠詳

　　形制，顧名思義就是形式、構造，包含形狀、部位、零件、質料、大小、色澤、花紋、功用等。觀《說文解字》一書中的禮樂器相關字之解釋或較爲簡短，寥寥數語即予概括；或器物形制歷經沿革，名目繁多，掛一難免漏萬。從近代出土實物，可補充部分《說文》器物形制未詳之處屢見不鮮。以下羅列數例：

（一）飲食器

1、壺

　　壺，《說文》云：「昆吾，圓器也。」但言其爲圓形之器，而未言其詳，故世人只能依後世器物彷彿想像。宋以來，青銅器之壺出土者極多，大抵商代已有之，而通行於周代者多，尤盛行於春秋戰國，故可具體了解其性狀之沿革。容庚《商周彝器通考》云：「其在商代，其狀圓腹，長頸，圈足，貫耳，有蓋。……西周前期略承其制，有腹前有鼻者。西周後期貫耳者罕見，多獸耳銜環。…春秋戰國期蓋多作蓮瓣形，或無蓋，耳多蹲獸或獸面銜環。」〔註 124〕說壺之形制五花八門，十分詳盡，可以補《說文》之欠詳。

2、觚

　　觚，《說文》：「鄉飲酒之爵也。」（頁 189）青銅器中，觚出土者爲數不少，容庚《商周彝器通考》言其形制云：「其形如圓柱，兩端大而中小，腹以下四面有棱，有無四棱者，有腹下有小鈴者，有方者。」〔註 125〕方觚爲罕見的觚制。又觚的銘文多刻於足之內側，但也有在口上者。另外，現代考古界所稱之「觚」，是沿用宋人制定舊名。因觚之出土實物皆無其名，但的確爲飲酒器

〔註 123〕漢・鄭玄注，唐・賈公彦疏，《周禮注疏》，頁 502。

〔註 124〕容庚，《商周彝器通考》，頁 433。

〔註 125〕容庚，《商周彝器通考》，頁 401～402。

是沒有問題的。出土實物觚與宋代《三禮圖》中所繪並不相似，可能是年代久遠，至宋代已無實物，只能憑傳世文獻想像。

3、簋

《說文》：「簋，黍稷方器也。」（頁 193）簋為商周時期重要禮器，是盛煮熟的黍、稷、稻、粱等飯食的器皿，用於祭祀和宴饗。從出土實物來看，簋的基本形制為底座長方體，稜角突折，壁直底平，有方圈形足或矩形成圈形足，蓋與器身形狀、大小相同，上下對稱，合時為一體，分開時其蓋也可倒過來自作一器。簋之形制，自古以來，有許多學者爭辯，容庚《商周彝器通考》有圓和方兩種形制之實物圖，但以圓為主。容庚認為「簋不見有圓者，簠簋方圓，許鄭之說不同。然二器一方一圓，斷無疑義。」〔註 126〕故《周禮・舍人》鄭玄注「方為簠，圓為簋」，今證古器，多與鄭注合，但與《說文》不甚合。段注：「許云簋方簠圓，鄭則云簋圓簠方，不同者，師傳各異也。」採取折衷之說，就地下出土文物言，誠各有其理，然就出土數量而言，仍當以鄭說近是。段氏云：「聶氏、陳氏《禮圖》皆於蓋頂作一小龜，誤解一蓋字耳。」在《三禮圖》中的確可見蓋頂的烏龜。但觀目前出土的簋，皆無蓋，可見宋代禮圖的理解錯誤。

宋代以來金文學家都將「𣪘」誤釋為「敦」，至清朝，錢坫、嚴可均、王國維等學者考證，方一一證實宋代學者定名之誤。宋人定名「彝」者實為「敦」，而器名「𣪘」者實為古書之「簋」〔註 127〕。

從古籍觀之，簋字《周禮》中出現七次，都是黍稷器之類的用義，上自天子，下至庶人，皆可用簋來祭祀和宴賓。

（二）玉器

1、琮

《說文》：「琮，瑞玉。大八寸，似車釘。」（頁 12）良渚文化遺址中出現了很多玉琮，用法也是多樣的，但以外表分節，並有「獸面紋」為其特點。龍山文化陶寺類型的山西襄汾縣陶寺遺址出土距今 4000 年的扁矮型玉琮，與

〔註 126〕容庚，《商周彝器通考》，頁 320～322。

〔註 127〕高鴻縉，《中國字例》（台北：三民書局，1950 年），頁 156～157。

距今 4000～5000 年的良渚文化玉琮形器有所區別，是我國迄今發現的最北部
琮形器出土資料之一。玉琮在商代的數量不多，同新石器時代相比，商代至
戰國的玉琮有明顯的衰退趨勢，漢代之後幾乎消失〔註 128〕。玉琮，是指內圓
外方的立方體，兩端貫以通孔的器物，常刻有人面紋或獸面紋，是中國「天
圓地方」觀念的體現。其用途一般認為是祭祀天地的法器，考古學界目前尚
無統一的認識。

　　2、圭

　　魯實先先生認為圭字本義為土圭，不是《說文》所說的玉器，不過古籍
往往將圭字引申作瑞玉使用。如《說文》「圭，瑞玉也。」段注又補充：「上
圓下方，法天地也。」（頁 700）夏代玉圭，本屬禮器，但尾端有裝柄的痕跡，
究竟圭應有柄，還是稱謂有誤，頗費思量〔註 129〕。玉圭為龍山文化玉器中的
典型器物，其造型的共性為：平首式，頂緣有刃，無磨損痕跡，下部有孔，
孔上下有陽線雕橫向平行線，或有人面紋、獸面紋、鳥紋等〔註 130〕。到了商
代，圭的形式有二：一是平首，圭身釋雙鉤弦紋，另一則是尖首平端，近似
後代的圭。商圭延續龍山文化的樣式，平首添加了繩索類的紋飾。到了商代
中晚期，玉圭的形狀，紋飾又有變化，多於底部有平頂或弧狀凸起、凹下、
微降、尖鋒等改變〔註 131〕。到西周時期所使用的圭，一種源於商代玉器，長
方形，一端似有刃的片狀玉圭，對西周玉器產生了影響。另一種圭，則由戈
演變而來，兩側對稱性更強，逐漸演化成東周有尖狀圭角的圭〔註 132〕。

　　3、璋

　　《說文》：「璋，剡上為圭。半圭為璋。」（頁 12）在出土文物中，玉璋
最早出現於商代早期，到了西周時代也陸續有發現，但大量出土的文物最多
的還是在東周時期。若墓主是大夫級別以上的貴族，幾乎都可以見到一到兩
件璋來陪葬，可能是一種身分標志。〈考工記〉所記載的璋有五種，尺寸與出

〔註 128〕史樹青主編，《古玉搜藏三百問》，頁 36、95。

〔註 129〕張明華，《古代玉器》，頁 36。

〔註 130〕史樹青主編，《古玉搜藏三百問》，頁 31。

〔註 131〕史樹青主編，《古玉搜藏三百問》，頁 37。

〔註 132〕史樹青主編，《古玉搜藏三百問》，頁 40。

土文物可以互證。璋，依功能可分爲三種：（1）大璋、中璋、邊璋，指的是大璋瓚、中璋瓚、邊璋瓚〔註133〕，三者作用相同，於天子巡狩時祭祀山川所用，並於祭祀後埋沉，另外，諸侯聘女、餽贈、喪葬也可用璋。（2）牙璋是軍旅傳達命令用的信符。（3）赤璋是祭祀南方之神朱雀的禮器〔註134〕。《說文》：「半圭爲璋。」璋與圭在文獻中常常同時出現，兩者形制之區別爲：璋爲矩形，其頂端一側斜出，呈左側一角；圭同爲矩形，其頂端兩側同向中間斜出，銳角在中央，形制與行禮都相同〔註135〕。《周禮・春官・典瑞》中也提到有殮尸的功用「疏璧琮以斂尸〔註136〕」不過歷代有很多學者都認爲《周禮》是一本理想化的禮制古籍，但不可能全都憑空想像而來，必是從日常生活器物及前代人所用的物品想像而描寫。璋，雖有大璋、中璋、邊璋、牙璋、赤璋這五種型式，但其實也是依色澤及大小的不同而有所區別，也反映了理想化後，系統分別的結果。

在三星堆出土的玉器中，玉璋是最大宗的一類，中國目前發現的最大的玉璋和最小的玉璋都在三星堆博物館裡。但三星堆的玉璋獨樹一幟，它的器形與製作都與眾不同。也有學者認爲，三星堆玉璋已經形成一種獨特的風格，顯示同中原玉璋有所區別，可稱之爲「蜀式玉璋」。

（三）樂器

1、簫

簫的概念古今不同，《說文》云「簫，參差管樂」，與今日所謂的「簫」指竹制單管豎吹的洞簫者顯然有所不同。先秦時代所稱之「簫」，乃多管有底（即兩端封閉）的吹管樂器，是將樂管編聯起來，從吹低音的長管到吹高音的短管，依次序排列，有如鳥的翅膀，無怪乎《說文》釋簫爲「參差管樂，象鳳之翼」。簫又名排簫，常用於合奏〔註137〕。因排列竹管而成，又名參差。

〔註133〕劉道廣、許暘、卿尚東編，《圖證考工記：新注・新譯及其設計學意義》，頁76～77。

〔註134〕陳溫菊，《詩經器物考釋》，頁14～15。

〔註135〕劉道廣、許暘、卿尚東編，《圖證考工記：新注・新譯及其設計學意義》，頁76～77。

〔註136〕漢・鄭玄注，唐・賈公彥疏，《周禮注疏》，頁636。

〔註137〕孫機，《漢代物質文化資料圖說》，頁439。

《楚辭·九歌·湘君》:「望夫君兮未來,吹參差兮誰思!」〔註138〕文中「參差」所指,便是排簫。排簫的骨管是用寬帶束在一起的〔註139〕。先秦時代所稱之「簫」,是現代所稱之「排簫」,到了漢代,出現無底的排簫,稱作「洞簫」,到唐代左右,單管直吹的「簫」日漸流行,為區別起見,遂將古簫稱作「排簫」,而直吹的單管樂器稱作「簫」,橫吹的單管樂器稱作「笛」。所以現代的「排簫」才是漢代許慎所稱之「簫」〔註140〕。

2、鉦

鉦,《說文》云:「鐃也。」(頁 715)《說文》釋鐃:「小鉦也。軍法:卒長執鐃。」許慎認為鉦、鐃、鐲三者相似。段玉裁則於鉦字注中說明鐲、鈴、鉦、鐃四者之異(頁 715)

鉦是軍樂器,在湖南安陽、湖北荊門包山、湖北秭歸天燈堡等地迭有古物出土。為起信號作用的響器,不設固定音律。鉦的使用方法是以一手執柄,一手執槌擊奏〔註141〕。鉦與句鑃是兩種形制相近的樂器,有的文物專家認為句鑃就是鉦的別稱,主要盛行於春秋晚期到戰國時期。一般考古學家把圓統腔體、棱柱柄、柄端設衡的稱為鉦,把合瓦形腔體、扁方柱柄、柄端無衡的稱為句鑃〔註142〕。鉦是敲擊樂器,《詩·小雅·彤弓之什·采芑》:「方叔率止,鉦人伐鼓,陳師鞠旅。」〔註143〕毛傳:「鉦以靜之,鼓以動之。」可知鉦於行軍中,是以節止步伐的軍樂器。鉦與鐃形似,只是比鐃更大,也叫丁寧,俗稱「大鐃」〔註144〕。

3、筑

《說文》:「以竹曲五弦之樂也。」(頁 200)又段注中引《樂書》:「以竹尺擊之,如擊琴然,審定其文,當云筑曲以竹鼓弦之樂也。……項細肩圓,鼓法

〔註138〕宋·洪興祖撰,《楚辭補注》(北京:中華書局,2006 年),頁 60。

〔註139〕王子初,《中國音樂考古學》,頁 134～135。

〔註140〕陳溫菊,《詩經器物考釋》,頁 98。

〔註141〕王子初,《中國音樂考古學》,頁 275。

〔註142〕王子初,《中國音樂考古學》,頁 276。

〔註143〕漢·毛公傳,唐·孔穎達等正義,《毛詩正義》第三冊,頁 754。

〔註144〕王貴元,《漢字與歷史文化》,頁 83。

以左手扼項，右手以竹尺擊之。」進一步明白其為古代一種用竹尺敲擊的樂器，不是以手撥弦。1973 年湖南長沙馬王堆三號漢墓出土了筑的實物〔註145〕，廣西貴縣羅泊灣也曾出土實心殘筑一段，這兩件樂器均是明器。1993 年，湖南省長沙市文物工作隊發掘了長沙市河西望城坡古坟垸西漢早期長沙王墓室，雖已被盜掘，不過也出土了不少珍貴器物，其中音樂相關的文物有瑟、筑共 3 件，且五弦琴是為較完整的出土物，同時也是實用樂器的標本〔註146〕。1973 年出土於江蘇省連雲市瞳莊附近的侍其繇墓的漆食奩上，有一幅彩漆擊筑圖〔註147〕，馬王堆一號墓彩繪棺的左側，也有一幅神人擊筑圖。東漢之筑僅在河南新野出土的畫像磚見過一例。可見筑是戰國時期在中原地區新出現的一種擊弦樂器，在趙、齊兩國，甚至是越地都頗流行，後來流傳至漢代，甚至拿來用於殉葬。

4、瑟

《說文》：「瑟，庖犧所作弦樂也。」（頁 640）《說文》瑟字解釋中，並未對瑟的形制有任何描述，在《漢書・郊祀志上》云：「泰帝使素女鼓五十弦瑟，悲，帝禁不止，故破其瑟為二十五弦。」〔註148〕故李商隱〈錦瑟〉詩云：「錦瑟無端五十弦，一弦一柱思華年。」而《三禮圖》卷五：「雅瑟、頌瑟之分，雅瑟長八尺一寸，寬一尺八寸，二十三弦；頌瑟長七尺二寸，寬一尺八寸，二十五弦，廟樂皆用。」〔註149〕可見各朝各代所使用的瑟，形制可能稍有不同。瑟的出土實物較琴來得多，主要被發現於湖北、湖南、河南等古代楚國範圍，可見瑟是流行於南方的樂器。由考古實物證明，的確有大瑟、小瑟之分，一般常見有 19、21、23、24、25 弦，出土的古瑟雖然有大小之別，弦數亦有差異，但在形制上是相當一致的，瑟體多用整木斫成，瑟面稍隆起，體中空，體下嵌底板。瑟面首端有一長岳山，尾端有三個短岳山；在尾端還裝有四個繫弦的枘。首尾岳山外側各有相對應的弦孔；另有木質瑟柱，置於弦下。瑟上多飾有精美的刻紋及彩繪〔註150〕，可知當時對於禮樂的重視。

〔註145〕湖北省博物館編，《長沙馬王堆二三號漢墓　第一卷　田野考古發掘報告》，頁 182。
〔註146〕王子初，《中國音樂考古學》，頁 335～336。
〔註147〕王子初，《中國音樂考古學》，頁 339。
〔註148〕漢・班固撰，王先謙補注，《漢書補注》（台北：藝文印書館，1996 年），頁 552。
〔註149〕宋・聶崇義，宋淳熙二年刻本，《新定三禮圖》，頁 80。
〔註150〕王子初，《中國音樂考古學》，頁 247～248。

四、闡《說文》禮樂器文化之意涵

　　文化一詞至晚在漢代就已出現，何謂文化？各家定義多達數百種，李鍌等《中國文化概論》綜合多家說法，給文化下了簡單的界說：

> 所謂文化，便是人類群體性生活的累積、智能的開創，除了人類的
> 災害和戰爭外，舉凡有益人生的共業，如政治、經濟、教育、宗教、
> 倫理、道德、思想、藝術、科學等，這些延續性的共業，我們便稱
> 它為文化〔註151〕。

可見文化的內容包括民生、科技、經濟、社會、政治、教育、語言、文學、藝術、史學、哲學、宗教等，浩繁無比，幾乎無所不包。文字是語言的紀錄，是一切文化紀錄的工具，其本身充滿豐富無比的文化意涵。許沖在〈上《說文解字》表〉云：「愼博問通人，考之於逵，作《說文解字》，六藝群書之詁，皆訓其意，而天地鬼神，山川艸木、鳥獸蚰蟲，褯物奇怪，王制禮儀，世閒人事，莫不畢載。」（頁 793～794）即顯示漢字歷史悠久、包羅萬象，文字的背後隱藏了許多意涵，故近代有許多將漢字與文化結合起來進行研究的相關書籍，更是以傳統《說文解字》的漢字學為根據，結合語言文化學所發展出來的新學科。中國文化的核心就是禮樂，禮器是表現禮樂文化的重要器具，自然也包含了不少文化意涵，以下就《說文》禮樂器的文化意涵舉數例說明：

（一）飲食器

　　漢字的構字都帶有文化意涵，是人類生活經驗的反映，人類將對於生活的觀察體現於文字之中。民以食為天，飲食器的文化意涵當然十分豐富。

1、爵

　　爵為飲酒器，命名是因為其造型像一隻雀鳥，林義光《文源・卷一》中提到：「《說文》云：『雀，依人小鳥也，从小、隹。』按雀經典通用爵字。爵，酒器，象雀形。爵古亦作 🔣 ，殳季良父壺 🔣 字偏旁作 🔣 。」〔註152〕之所以將爵作成雀的形狀，是因為雀的叫聲「節節足足」，來告誡飲酒者要注意節制和滿足〔註153〕。

〔註151〕李鍌、邱燮友、周何、應裕康，《中國文化概論》（台北：三民書局，1983 年 8 月），頁 18。

〔註152〕李圃主編，《古文字詁林》第五冊，頁 306。

〔註153〕朱英貴，《漢字形義與器物文化》，頁 75。

　　商朝之滅亡，與酗酒風氣有關，周朝因而吸取歷史教訓，在《尚書‧酒誥》規定群聚酗酒要處以死刑〔註 154〕，只有祭祀場合可以飲酒，但也要有節制，所以爵蘊含了當時的文化意涵。姬秀珠《儀禮飲食禮器研究》綜觀青銅文化的歷史，以墓葬出土「青銅爵」的年代最爲久遠，夏墟二里頭文化即有之。商文化後期及西周早期，出土組合，以青銅爵、觚爲主，中期轉變以青銅爵、觶組合出土爲常見，西周中期以後的墓葬，青銅爵就很少出現，所以後人對其形制不甚清楚。又云：青銅爵歷經了夏、商、周三代，舉凡祭祀、宴飲等慶典生活中，都是重要的禮器，在銘文中清楚的紀錄了商、周古老文化生活中孝養、尊親的宗族倫理觀念，是記載當時社會生活的第一手珍貴史實資料，足見具有豐富的人文學術價値〔註 155〕。由殷商的甲骨文資料就已經發現，爵被引申爲以爵位加於人的意思，因爲使用酒爵的人有一定的身分，君王加人以爵位時，也要以爵賜飲。所以爵較其它銅器更具有文化意涵。也無怪乎《說文》中標明「禮器」者，唯「爵」和「鼻」二字。但其實有許多酒器、食器與玉器均有禮器之功用。在《墨子‧尙賢上》提到：「故古者聖王之爲政，列德而尙賢，雖在農與工肆之人，有能則舉之，高予之爵，重予之祿，任之以事，斷予之令。」〔註 156〕而《左傳‧莊公二十一年》也有「鄭伯之享王也，王以后之鞶鑑予之，虢公請器，王予之爵，鄭伯由是始惡於王。」〔註 157〕的一段故事，說明爵在東周的社會意義依然很高，所以鄭伯因爲周王沒有賜爵給他，而懷恨在心，可見爵深具象徵意義。

2、卮

　　卮爲酒器，段注認爲卮爲圓器，引〈內則〉、《急就篇》、〈項羽本紀〉等古籍之說，證其爲飲酒之器。又說卮字形體爲「象人。謂上體似人字橫寫也。㔾在其下也。」又引《易》曰：「君子節飲食。」〔註 158〕卮字也有著勸人要節制飲食之意。

〔註 154〕漢‧孔安國傳，唐‧孔穎達等正義，《尚書正義》，頁 440～451。

〔註 155〕姬秀珠，《儀禮飲食禮器研究》（台北：里仁書局，2005 年 6 月），頁 470～474。

〔註 156〕清‧孫詒讓，《墨子閒詁》，頁 44。

〔註 157〕晉‧杜預注，唐‧孔穎達等正義，《春秋左傳正義》，頁 303～304。

〔註 158〕《周易‧頤卦‧象傳》：「山下有雷，頤：君子以慎言語，節飲食。」段氏採取節引的方式。

3、豆

豆爲盛肉器，也可用以盛黍稷、薦菹醢，常以偶數組合使用，故有「鼎俎奇而籩豆偶」的說法，但是也有使用奇數組合的。用豆之數，在《周禮·掌客》中有詳細記載：「凡諸侯之禮，上公……豆四十，侯伯……豆三十有二，子男……豆二十有四。」〔註159〕足見數量極多，內容多品，《考工記》：「食一豆肉，飲一豆酒。中人之食也。」〔註160〕中人是指普通人，是說吃一豆的肉，飲一豆的酒是普通人的食量。可見「豆」是以一般人的食量爲標準所製成的容器。《考工記》：「豆，容器名。實三而成觳，崇尺。」〔註161〕是說觳是豆容積的三倍。

4、簋

簋爲商周時期盛煮熟的黍、稷、稻、粱等飯食的器皿，是用於祭祀和宴饗的重要禮器。《周禮》中出現七次，《儀禮》中更是屢見不鮮，都是黍稷器之類的用義，充分表現周代對飲食文化的重視。揚之水《詩經名物新證》云：「周人重食，殷人重酒之異，在墓葬的青銅器組合中，也反映得清清楚楚，即殷代隨葬銅器是以觚、爵爲核心，周則鼎、簋爲核心。簋，便是用來盛黍稷的，自天子至於庶人，都用以祭祀、宴饗，用器之數，少則二簋，多則十二，或者四簋、六簋、八簋，總之，不同於鼎數用奇，簋數每用偶。」〔註162〕

簋與鼎一樣具禮器功用，數量的多少，是爲顯示階級的高低。簋與鼎搭配使用時，常以偶數出現，如九鼎配八簋，七鼎配六簋等。周代這種奇偶嚴格組合的關係，代表陰陽推演、變化發展的觀念，在殷代未曾出現過〔註163〕。周代曾侯乙墓中室就出土有八簋，正是與九鼎相配〔註164〕，充分顯示墓主的身分，按《周禮》只有天子、國君才能使用九鼎八簋。不過特別的是，2013 年 7 月份

〔註159〕漢·鄭玄注，唐·賈公彥疏，《周禮注疏》，頁 1213～1217。

〔註160〕劉道廣、許暘、卿尚東，《圖證考工記：新注·新譯及其設計學意義》，頁 87～88。

〔註161〕劉道廣、許暘、卿尚東，《圖證考工記：新注·新譯及其設計學意義》，頁 83

〔註162〕揚之水，《詩經名物新證》（北京：古籍出版社，2000 年 2 月），頁 201。

〔註163〕日本·井上聰，《先秦陰陽五行》（漢口：湖北教育出版社，1997 年 7 月），頁 97～98。

〔註164〕李秀媛，《圖說曾侯乙墓》，頁 94～95。

的新聞顯示，湖北隨州的西周早期葉家山一墓發現十九鼎十二簋，可能是早期禮制尚未完備，禮器數量還不固定。

（二）玉器

許慎對玉的解釋，「石之美有五德者：潤澤㠯溫，仁之方也；䚡理自外，可㠯知中，義之方也；其聲舒揚，專㠯遠聞，智之方也；不橈而折，勇之方也；銳廉而不忮，絜之方也。」（頁10）玉的形象，自古以來，都與國人的審美情趣、道德倫理密切相關，成為君子賢人的人格化身。玉的使用也十分廣泛，在祭祀、政權、朝聘、服飾等方面都離不開玉。李景生《漢字與上古文化》曾將古代有關玉文化的意涵歸納為五項，即：1. 萬物主宰說，2. 天地之精說，3. 道德楷模說，4. 辟邪除崇說，5. 延年益壽說〔註165〕。足見國人之崇拜玉，其來有自。

1、琮

其象徵意涵有三：一是其形為外方內圓中間空洞的立體狀，以黃玉為之，故與璧相對，璧祭天，琮祭地。二是琮為「玉」和「宗」結合而成的字，宗有祖宗、宗廟之意，為比附萬物之宗聚，故作為宗廟供奉的神主，作為祭祀的主體。三是其為王后、諸侯夫人所佩之瑞玉，為母性之權柄象徵，也可以與古代「男尊女卑」，男性為天，女性為地產生聯想〔註166〕。

2、圭字

圭為古代帝王、諸侯在儀式上，握於手中的禮器，為上尖下方的長方形，長約15～20公分，地位不同者所持之圭，形狀相同，大小有別，圭上所刻的花紋也不相同，用以區別尊卑。從《周禮·春官宗伯·典瑞》〔註167〕可見各種圭的用途不同，或作祈神祭物，或充君主賜物，或用以朝覲禮見，或是聘女之禮等，用途很廣。

3、環

環是裝飾器。為女子常用的佩飾，象徵始終不渝的精神。《荀子·大略》：「絕人以玦，反絕以環。」是環又為上對下的象徵性信物，唐代楊倞注云：

〔註165〕李景生，《漢字與上古文化》，頁259～264。

〔註166〕李景生，《漢字與上古文化》，頁249。

〔註167〕漢·鄭玄注，唐·賈公彥疏，《周禮注疏》，頁630～631。

「古者臣有罪，待放於境，三年不敢去，與之環則還。」〔註168〕意思是古代君主放逐臣子，不用明講，只要賜給他一個玉玦就可以了，如果赦了他，召他回來，就賜給他一個玉環，「環」和「還」同音，「賜環」就是表示許可他回來的意思。環在古代有時爲「歸還」的象徵物，後引伸爲「圍繞無端」之義。

（三）樂器

上古時期，人類將樂器主要運用於兩方面，一是軍事征戰，一是祭祀禮樂。《禮記・樂記》：「禮以道其志，樂以和其聲，政以一其行，刑以防其姦。」〔註169〕將其與制度、法制、政權相提並論。又云「治世之音，安以樂，其政和。亂世之音，怨以怒，其政乖。亡國之音，哀以思，其民困。聲音之道，與政通矣。」〔註170〕其重要有如此者。

1、鐘

鐘是演奏主旋律的打擊樂器，用青銅鑄成，在八音中地位特別重要。主要有兩種功能，一是軍事宣告，另一是宴會演奏。《左傳・莊公二十九年》：「凡師有鐘鼓曰伐，無曰侵，輕曰襲。」〔註171〕《國語・吳語》中提到：「昧明，王乃秉枹，親就鳴鐘鼓、丁寧、錞于振鐸，勇怯盡應，三軍皆嘩釦以振旅，其聲動天地。」〔註172〕從古史文獻中可看出，鐘鼓用於軍事，鼓聲短促有力，激勵士兵前進。鐘聲則宏亮及遠，是通知部伍撤退的信號。具有對大眾宣告的效果，可用於軍事或樂奏，故受貴族重視而多加鑄造。單一鐘叫「特鐘」，大小不同的鐘組合起來懸於架上的叫「編鐘」，在古代只有貴族才能使用，其數量多寡代表地位的高低，常用於祭祀、宴饗、賓射等各種儀式。1978 年湖北隨縣出土的戰國早期曾侯乙墓編鐘共 64 件，分三層懸掛在鐘架上，十分壯觀。此外，由於鐘以青銅爲之，可以長久流傳，所以也是銘記功烈的最佳禮器。

〔註168〕清・王先謙，《荀子集解》（台北：藝文印書館，1994 年），頁 678。

〔註169〕漢・鄭玄注，唐・孔穎達疏，《禮記正義》，頁 1253。

〔註170〕漢・鄭玄注，唐・孔穎達疏，《禮記正義》，頁 1254。

〔註171〕晉・杜預注，唐・孔穎達等正義，《春秋左傳正義》，頁 334。

〔註172〕吳・韋昭註，《國語》（二）（台北：台灣商務印書館，民國 45 年），頁 88～89。

2、鐸

鐸爲古代一種搖播發聲的樂器,《周禮・夏官・大司馬》:「群司馬振鐸,車徒皆作。」〔註173〕可知鐸爲軍樂器,用於軍旅和田獵。1994 年初,南陽市桐柏縣月河一號春秋大墓出土的兩件銅鐸。出土時與皮甲、兵器放在一起,爲鐸爲軍樂器之說提供了證據〔註174〕。鐸的形制是裝有木把,腔內有金屬舌,使用時執把搖擊,使鐸舌來回撞擊鐸體發聲〔註175〕。《周禮・鼓人》:「以金鐸通鼓。」賈疏:「金鈴金舌者爲金鐸。」〔註176〕根據這些文獻記載,可知鐸有舌。又河北定縣北莊漢墓所出土之鐸,雖舌已不存,但有懸舌之環,可爲鐸本有舌之證〔註177〕。《論語・八佾》云:「天下之無道也久矣!天將以夫子爲本鐸。」〔註178〕足見鐸有崇高的象徵意涵。

3、磬

磬是中國的石制打擊樂器,多以石灰石爲之,採擷容易,硬度適中,且音質優美,便於加工,擊之鏗然作金聲。最早被使用在先民的樂舞活動中,後來與編鐘一樣,被歷代統治階層使用在征戰與祭祀等各種活動的雅樂中。所謂「金聲玉振」,金指的是鐘,玉指的便是磬。按使用的場合,可分爲特磬與編磬兩種,特磬是帝王祭祀天地和祖先時演奏的樂器,編磬是若干個磬編成一組,掛在木架上演奏,主要用於宮廷音樂〔註179〕。曾侯乙慕出土的編磬32 枚,數量最多。《論語・憲問》載孔子擊磬於魏,其聲硜硜然〔註180〕,其聲顯示其意十分專確,可見音樂確實可以表現心聲。

4、鼓

鼓是我國種類最多,出現頻繁的傳統打擊樂器,以皮革爲之,聲動天地,在遠古時,被奉爲通天的神器。後代用途極廣,包含祭祀天地四方、山川神

〔註173〕漢・鄭玄注,唐・賈公彥疏,《周禮注疏》第二冊,頁 917。

〔註174〕王子初,《中國音樂考古學》,頁 278。

〔註175〕王子初,《中國音樂考古學》,頁 275～276。

〔註176〕漢・鄭玄注,唐・賈公彥疏,《周禮注疏》,頁 375。

〔註177〕孫機,《漢代物質文化資料圖說》(增訂本),頁 433～434。

〔註178〕朱熹,《四書集注》(台北:台灣書店,1971 年),頁 59。

〔註179〕朱英貴,《漢字形義與器物文化》,頁 283。

〔註180〕朱熹,《四書集注》,頁 129。

祇，百物鬼享、宴射燕飲，徵召學士、傳達緊急事故、振作士氣、號令進退等〔註181〕。近年出土的史前時期的鼓爲數不少，包含山東泰安大汶口 10 號墓陶鼓、甘肅永登樂山坪陶鼓、山西襄汾陶寺鼉鼓、甘肅莊浪小河村陶鼓、青海民和陽山陶鼓、河南偃師二里頭木鼓〔註182〕，時代都在四、五千年前，足見源遠流長。陶鼓較易保存，鼉鼓、木鼓之類則多已腐爛。

5、琴

琴爲一種絲製的弦樂器，本用打擊方式，春秋戰國以後才改用撫彈方式。原爲五弦琴，後周代增加了兩根弦，成爲七弦琴。雖字義單一，但文化意涵卻很豐富，古代大夫以上可享鐘磬等樂懸，但士階層則以其琴瑟爲代表，故《禮記・曲禮》云：「士無故不撤琴瑟。」〔註183〕可用於祭祀、饗射、燕樂甚至諷頌詩歌時伴奏。與中國古代文人的修養層次尤其息息相關，琴棋書畫，是才子佳人的才能標準。自古以來，文人常常以琴來展現完美的自我人格，修養身心，體悟大道，作爲「正音」，寄寓了中國千年的正統思想與文化，如伯牙彈琴遇知音，孔子在琴音中聽見文王聖德之聲等〔註184〕。

第三節　小　結

本章從文字及訓詁兩方面著眼，分項分目展現二重證據法在《說文》禮樂器研究運用的價值。文字方面，針對《說文》禮樂器的字體之有據、文字之失收、形構之譌誤、字形之演變四方面舉例說明，限於篇幅的關係，每項只舉數例。

（一）在考《說文》字體之有據方面，《說文》保存了與甲骨文、金文相同的體系，本論文從小篆、古文、籀文三方面與甲骨文、金文的傳承關係作一探討。

（二）在文字之失收方面，分爲補《說文》之異文，如尊、匜、盨、簠、玦等字，甲骨文、金文等皆能補其異體；及在《說文》漏奪處予以增補，如飲

〔註181〕陳溫菊，《詩經器物考釋》，頁 730。

〔註182〕王子初，《中國音樂考古學》，頁 82～86。

〔註183〕漢・鄭玄注，唐・孔穎達疏，《禮記正義》，頁 140。

〔註184〕朱英貴，《漢字形義與器物文化》，頁 285～286。

食器可補盨、盞、盉、鈉、鎗、甌、梪，樂器類可補鼗字。

（三）正《說文》形構之譌誤方面，分為《說文》分字之誤及類例之誤兩目，《說文》中有誤以一字為二字及誤以二字為一字之例，又有誤以獨體象形為合體象形、誤以象形為會意、誤以獨體象形為形聲、誤以形聲為會意、誤以形符不成文之形聲為形聲五種類例之誤皆分別舉例訂正。

（四）在字形之演變方面，則從《說文》字形與古文字一脈相承、演變歧異兩方面來檢視。

訓詁方面，則針對《說文》禮樂器的訓詁之可信、說解之疏失、形制之欠詳、文化之意涵四方面進行補充探討。

（一）在《說文》禮樂器的訓詁之可信方面，對於《說文》解釋禮樂器本義及說解古籍通用進行確認。

（二）在《說文》禮樂器的說解之疏失方面，《說文》一書雖保存許多可信的資料，但因時代因素，也有說解疏失、形制未備之處。除了訂正其本義、引申義、叚借義混淆，甚至誤以他義為本義及形制說解之錯誤。

（三）在《說文》禮樂器的形制之欠詳方面，根據今日大量出土實物對於器物形制能詳細補充其說解之不足。

（四）在《說文》禮樂器的文化之意涵方面，如節制飲食的生活習慣、孝養尊親的倫理觀念、尊卑親疏的等級意識、崇尚自然的比德思想，皆可資取各類古籍、鐘鼎彝器銘文及出土禮器的組合去加以闡發。

從以上可看出二重證據法對名物的考釋確實大有助益。

第陸章　結　論

　　漢字是當今世界歷史最悠久的文字之一，漢文化也是目前世界上唯一仍在使用表意文字的文化。漢文化保留在漢字裡頭，數千年以來，不同時代的社會風俗、文化或許已隨時間流逝，逐漸消退、演變，但除了典籍的紀錄之外，還有部分依然保存在漢字的形體結構中，是傳統漢文化的「活化石」〔註1〕。在研究漢字時，有共時認同與歷時傳承之區別〔註2〕，研究個別文字與文字的演變規律現象，都應該確立系統觀念。把個體放在整體中客觀考察，避免主觀片面性。

　　許慎的《說文解字》是中國現存第一本字典，是第一部系統分析漢字形體結構，說解其意的字書。其打破《爾雅》、〈三倉〉傳統，首創五百四十部的部首歸類、以形索義的體例，使後人能更清楚地了解文字的形、音、義；並提供了豐富的歷史文化史料，使今人對上古至漢代的社會有具體的認識。同時，《說文》也是考釋古文字的橋樑，字頭小篆上承甲骨文、金文、古文、籀文，下開隸書、楷體。後人研究各種古文字，必經小篆此一橋樑。由於許慎對於漢字有系統性的觀察，建立了「六書」理論，正確掌握了漢字構形的內部規律〔註3〕，

〔註1〕李景生，《漢字與上古文化》，頁2。

〔註2〕王寧，《漢字構形學講座》（台北：三民書局，2013年4月），頁128～178。

〔註3〕王寧，《漢字構形學講座》，頁188。

確實爲我們奠定了堅實的研究基礎。但在少數的個別文字中，有時代上所無法克服的困難，後代學者應以尊重而妥加修正增補的態度去研究《說文解字》這一文字學的寶貴經典。

1925 年王國維在清華研究院的「古史新證」課程中，提出了「二重證據法」。二十世紀以來，地不愛寶，地下文獻、文物不斷出土，讓文史學術界增加許多能補充前賢資料的機會，同時也激發了二重證據法的使用的風潮。除了各處發現的甲骨文、鐘鼎文外，敦煌寫本、簡牘、帛書及各種地下文物相繼出土，也是十分重要的。在這種千載難逢的情況下，《說文》的研究正如其他古籍一樣，得到了突破清人藩籬的機會。因爲在知識爆發的今日，要從事學術研究，新資料、新方法、新工具缺一不可，而二重證據法的運用正爲我們提供了絕佳的條件。

《說文》的名物訓詁占全書篇幅一半以上，是最適合使用二重證據法的領域，但限於時間與精力，本論文將焦點鎖定在禮樂器的考釋。分爲「《說文》飲食器考釋」、「《說文》玉器考釋」、「《說文》樂器考釋」及「二重證據法在《說文》禮樂器研究運用的價值」四個主要章節，茲分述如次：

一、《說文》飲食器考釋

古代的飲食器數量及習慣多已成爲古代禮制的一部分，禮爲先秦時期的社會生活各層面的體現，禮器的使用，是行禮者藉以表達思想的媒介，以呈顯出禮的精神與內涵。此章主要內容依古代飲食習慣，分爲酒器、水器與食器三個部分。酒器又大致可分爲盛酒器、溫酒器、舀酒器跟飲酒器四種，食器也可分爲盛肉器、盛飯器、蒸飯器三種。主要從文字演變、器物形制及文化意涵三方面來討論。《說文》中的飲食器數量非常多，本論文只採其中有古文字或出土實物的三十字來作例證。從古文字的偏旁來看，可以爲器物的質地、用途增加佐證，如盨字，在金文中有六種偏旁，包含獨體象形、從皿、從升、從米、從木、從金。此外，從古文字中，也能看出其形制，如爵字，甲骨文、金文中有二足、三足之分；鼎、鬲二字在古文字字形中也能看出實心足與空心足的區別，都是反映文字與實物息息相關的證明。又飲食器也反映著古代的禮制，如鼎、簋使用數量與使用者的身分地位成正比。

在出土實物方面，出土器物中的殘留物，可以有助於後人了解此飲食器爲

盛放哪一類食物的器皿，如豆，除《說文》食肉器之說，也是盛裝粟米的器具。又如簋，除《說文》之「盛黍稷稻梁」外，在出土陶簋中，發現盛有羊腿，可見古人一器多用，講究實用。

二、《說文》玉器考釋

　　此章分爲六器類玉器：璧、琮、圭、璋、琥、璜，及其它類玉器：環、玦、瑁、瓏、珌。玉禮器中有甲骨文者，唯璧、玦、琮、圭四字，但學界對此尚未達成共識。玦、琮二字之甲骨文皆是象其形，的確是文字發展早期的現象。又璧與圭二字之甲骨文出現於 2009 年出版之《新甲骨文編》中，璧字甲骨文作作辟不從玉，圭字甲骨文象其形，與今日所見圭形似。而後其他玉禮器的金文大多從玉構字，漸漸有形聲文字的樣貌。而這樣的形聲字，也與魯實先先生「形聲字以聲符爲初文」之說相符，如瑁、璜、璋等字皆是。這些玉禮器是到金文時期才逐漸出現的器物，但也可能是先出現器物，到了金文開始發展後才有其名。

　　玉器之名，往往是後人所加上的，瓏、琥二字所代表的玉器，就是字形上的意思，也就是玉龍和玉虎，可惜《說文》沒有描述其形制，只有說明其功能爲禱旱玉和發兵的瑞玉。參閱與玉龍相關之書，也只知道瓏與玉龍兩者關係密切，但進一步閱讀中國古籍《山海經》、《淮南子》等書及日本「滝」字與印度祈雨的龍王咒等旁證皆可確實證明其與祈雨有關，龍在亞洲生活圈與水的關係密不可分。

三、《說文》樂器考釋

　　古代樂器傳統分類是按照製作材料劃分爲「八音」，即金、石、絲、竹、匏、土、革、木八類。不過本章改依現今通行的分類：打擊樂器、管樂器及弦樂器三大類統攝八音，進行考釋《說文》中樂器相關之字例。《說文》中有出土實物或有古文字可考的樂器共三十五種。

　　文字方面，革類樂器除鼓、壴字外，大多無甲骨文、金文。石類樂器磬字甲骨文異體字頗多，但無金文。陶製樂器缶有甲骨文。土製樂器壎雖無甲骨文、金文，但有陶文出土。可知較早出現且被命名的原始樂器，大多爲打擊樂器和較原始的吹奏樂器。金類樂器大多有金文。木製打擊樂器敔、陶製

樂器缶、竹製樂器簫、簧字也都有金文，顯示此時新樂器陸續出現，尤以青銅樂器為大宗。木類樂器，柷、敔無甲骨文、金文的出土。弦樂器大多無甲骨文、金文，管樂器除簧、簫二字之外無甲骨文、金文出土。總之，可從古文字的演變中看出打擊樂器的出土最早，金屬製的樂器其次，木類、管弦樂器等較晚出現。簫類雖無甲骨文、金文出土，但因河南長子口排簫的出土，可將其時代往前推到商代晚期。

同樣的保存情況也展現在文物方面，樂器為典禮舉行的要件之一，這點可以由出土文物及古籍文字記載比對得到佐證，甚至以樂器出土文物所擺放的位置做為印證。金屬所製的樂器保存的最為完整，其餘石類、竹類、絲類等樂器也有部分保存，木類、革類的樂器由於木頭和皮質較易腐壞，故出土的樂器都不太完整，尤其是木類的樂器更是沒有出土實物可以為據，幸好漢代畫像石、宋代《三禮圖》中有部分圖象可供想像，能與《說文》的解說文字參照比對。

四、二重證據法在《說文》禮樂器研究運用的價值

以上三章係將《說文》禮樂器文字 77 字分成三大類若干小類，依據二重證據法逐字以地下出土文獻及文物加以檢視。就字形說明、器物形制、文化意涵三方面進行考釋，使《說文》與地下文獻、文物彼此印證，互相補充、訂正，一方面賦古典以新貌，另一方面也闡發《說文》的時代價值。相信對語言文字學、器物學及文化學之研究有參考作用。

本章則將前三章的研究成果全部打散，就《說文》的字書性質及二重證據法的功用著眼，分成禮樂器文字方面的價值及禮樂器訓詁方面的價值兩節，重新加以統整，並分項進行論述。在禮樂器文字的價值部分，分成：考《說文》禮樂器字體之有據、補《說文》禮樂器文字之失收、正《說文》禮樂器形構之譌誤、辨《說文》禮樂器字形之演變四項。不僅闡揚許慎以小篆、古籀為研究對象的隻眼獨具，而且可以看出小篆、古籀之淵源有自，及其上承甲骨文、金文、簡帛文字演變異同的脈絡。但《說文》成書之時，文字已屢經變遷，訛變叢生，失收難免，許慎徒據小篆、古籀為說，自然常有疏漏。在漏奪字方面，可補者有盨、盞、盉、鉊、鐘、甄、梶、鱍等字，在異文方面可補者更不勝枚舉。至於《說文》誤以一字為二字（如鼓、鼓）、誤以二字為

一字（如圭、珪），以及分析六書類例之誤者，亦皆可因古文字之出土而迎刃以解。故二重證據法功用之宏，已非清儒所能牢籠了。

在禮樂器訓詁的價值部分，分成：證《說文》禮樂器訓詁之可信、訂《說文》禮樂器說解之疏失、明《說文》禮樂器形制之未詳、闡《說文》禮樂器文化之意涵四項。除一窺《說文》解釋禮樂器本義及說解古籍通用所言不虛外，亦可訂正其本義、引申義、叚借義混淆，甚至誤以他義爲本義及形制說解之錯誤。由於《說文》訓解用語十分精簡，且器具形制或歷經沿革，名目繁多，或失傳已久，考索無由，許書之描述不夠詳備者自然所在多有，幸有大量地下實物出土，可以明審其性狀、部位、零件、質料、大小、色澤、花紋、功用等，進而資以詳細補充其說解之不足。至於禮樂器是表現禮樂文化的重要媒介，其中蘊含不少文化意涵，如節制飲食的生活習慣、孝養尊親的倫理觀念，尊卑親疏的等級意識、崇尚自然的比德思想，都可從傳統典籍的紀錄、鐘鼎彝器的銘文、出土禮器的組合得到互證與闡發。諸如此類，古人夢寐難求的訓詁理想，皆可因二重證據法之運用而得以實現。值此研究機緣，所得非一，豈非人生一大快事？

當然，任何論文都難免有所侷限，本論文也不例外。首先是在材料方面，近年來，雖然陸續有許多考古材料出土，但本論文以王國維的二重證據法爲研究方法，進行《說文》禮樂器的考釋撰寫時，仍有許多文字尚未發現於現存的甲骨文、金文、簡帛文字中，也有不少文物尚未出土，雖然有豐富的古代典籍及近賢的研究成果可供採擷，但限於功力，疏漏之處仍在所難免，希望將來隨著新材料出土，可以增補對各種器物形制的說解及各種古文字演變的認識。其次由於客觀條件的限制，本論文只能先處理《說文》禮樂器的考釋。將來如果有適當機會，希望能將《說文》其他名物訓詁都陸續進行考釋。當然，除了歡迎有志之士也能多加留意之外，更期望有更多的文獻與文物陸續出土，誠能如此，則《說文》乃至於傳統典籍的研究一定會有更光明的前程。

參考書目

一、古代典籍（按年代先後排序）

1. 漢・董仲舒撰，清・淩曙注，《春秋繁露》，北京：中華書局，1975 年。

2. 漢・孔安國傳，唐・孔穎達等正義，《尚書正義》，北京：北京大學出版社，2000 年 12 月。

3. 漢・司馬遷撰，《史記》，北京：中華書局，1959 年 9 月。

4. 漢・班固，《白虎通》（《四部叢刊》本），台北：臺灣商務印書館，1979 年。

5. 漢・班固撰，清・王先謙補注：《漢書補注》，台北：藝文印書館，1965 年。

6. 漢・許慎撰，清・段玉裁注：《說文解字注》，台北：洪葉文化有限公司，2005 年。

7. 漢・應劭，《風俗通義》，《欽定四庫全書》本，台北：商務印書館，1983 年。

8. 漢・劉熙，《釋名》，北京：中華書局，1985 年。

9. 漢・趙岐注，宋・孫奭疏，《孟子注疏》，北京：北京大學出版社，2000 年 12 月。

10. 漢・鄭玄注，唐・賈公彥疏，《周禮注疏》，北京：北京大學出版社，2000 年 12 月。

11. 漢・鄭玄注，唐・賈公彥疏，《儀禮注疏》，北京：北京大學出版社，2000 年 12 月。

12. 漢・鄭玄注，唐・孔穎達等正義，《禮記正義》，北京：北京大學出版社，2000 年 12 月。

13. 漢・高誘注，《戰國策注》，上海：商務印書館，1933 年。

14. 魏・王弼、韓康伯注，唐・孔穎達等正義，《周易正義》，北京：北京大學出版社，2000 年 12 月。

15. 魏・何晏等注，宋・邢昺疏，《論語注疏》，北京：北京大學出版社，2000 年 12 月。

16. 吳・韋昭注，《國語注》，台北：台灣商務印書館，1956 年。

17. 晉・杜預注，唐・孔穎達等正義，《春秋左傳正義》，北京：北京大學出版社，2000 年 12 月。

18. 晉・郭璞注，宋・邢昺疏，《爾雅注疏》，北京：北京大學出版社，2000 年 12 月。

19. 唐・陸德明，《經典釋文》，台北：鼎文書局，1972 年。

20. 唐・虞世南，《北堂書鈔》，台北：宏業出版社，1974 年 10 月。

21. 唐寫本、宋刊本《說文解字》，台北：華世出版社印行，1982 年。

22. 南唐・徐鍇，《說文解字繫傳》，北京：中華書局，2011 年。

23. 宋・李昉等纂修，《太平御覽》，台北：明倫出版社，1975 年。

24. 宋・夏竦編，《古文四聲韻》，北京：中華書局，1983 年 12 月。

25. 宋・洪興祖，《楚辭補注》，北京：中華書局，2006 年。

26. 宋・朱熹，《四書集注》，台北：台灣書店，1971 年。

27. 宋・聶崇義，宋淳熙二年刻本，《新定三禮圖》。

28. 清・顧炎武著，黃汝成集釋，欒保群、呂宗力校點，《日知錄集釋・全校本》，上海：上海古籍出版社，2006 年。

29. 清・桂馥，《說文解字義證》，濟南：齊魯書社，1994 年。

30. 清・王念孫，《廣雅疏證》，北京：中華書局，1983 年。

31. 清・郝懿行，《爾雅義疏》，台北：中華書局，1982 年。

32. 清・郝懿行，《山海經箋注》，台北：藝文印書館，1974 年。

33. 清・王筠，《說文句讀》，北京：中華書局，1998 年

34. 清・王筠，《說文釋例》，武漢：世界書局，1983 年 4 月。

35. 清・朱駿聲，《說文通訓定聲》，北京：中華書局，1998 年。

36. 清・方濬益，《綴遺齋彝器款識考釋》，上海：商務印書館，1935 年。

37. 清・王先慎撰，鍾哲點校，《韓非子集解》，北京：中華書局，2003 年。

38. 清・徐灝，《說文解字注箋》，（續修四庫全書本），上海：上海古籍出版社，2002 年。

39. 清・莫友芝，《仿唐寫本說文解字木部箋異》，清同治二年曾國藩安慶原刻本。

40. 清・孫詒讓，《墨子閒詁》，北京：中華書局，2001 年。

二、現代專書（按作者姓氏筆畫排序）

（一）古文字專書

1. 于省吾，《甲骨文字詁林》，北京：中華書局，1999 年。

2. 中國科學院考古研究所編，《甲骨文編》，北京：中華書局，1965 年。

3. 中國社會科學院考古研究所，《金文文獻集成》，香港：明石文化，2004 年。

4. 李孝定，《甲骨文字集釋》，台北：中央研究院歷史語言研究所，1970 年 10 月。

5. 李孝定，《金文詁林讀後記》，台北：中央研究院歷史語言研究所，1982 年。

6. 李宗焜，《甲骨文字編》，北京：中華書局，2012 年。

7. 李圃主編，《古文字詁林》，上海：上海教育出版社，2001 年 12 月。

8. 周法高，《金文詁林》，香港：香港中文大學，1974 年。

9. 宗福邦、陳世鐃、蕭海波主編，《故訓匯纂》，北京：商務印書館，2003 年。

10. 季旭昇，《說文新證》上冊，台北：藝文印書館，2002 年 10 月。

11. 季旭昇，《說文新證》下冊，台北：藝文印書館，2004 年 11 月。

12. 容庚，《金文編》，北京：中華書局，1985 年。

13. 徐中舒，《漢語古文字字形表》，台北：文史哲出版社，1982 年 4 月。

14. 徐中舒，《甲骨文字典》，成都：四川辭書出版社，1990 年。

15. 張守中，《包山楚簡文字編》，北京：文物出版社，1996 年。

16. 張守中，《睡虎地秦簡文字編》，北京：文物出版社，1994 年。

17. 陳初生，《金文常用字典》，西安：陝西人民出版社，1987 年。

18. 陳斯鵬、石小力等編，《新見金文編》，福州：福建人民出版社，2012 年 5 月。

19. 劉釗、洪颺、張新俊，《新甲骨文編》，福州：福建人民出版社，2009 年 5 月。

20. 滕壬生，《楚系簡帛文字編（增訂本）》，武漢：湖北教育出版社，2008 年 10 月。

21. 戴家祥，《金文大字典》，上海：學林出版社，1995 年。

22. 羅福頤主編，《古璽文編》，北京：文物出版社，1981 年 10 月。

（二）發掘報告書

1. 山東省文物管理處、南京博物院合編，《沂南古畫像石墓發掘報告》，南京：文化部文物管理局出版，1956 年。

2. 南京博物院，《江蘇邳縣大墩子遺址第二次發掘》，《考古學集刊》，1981 年。

3. 施昕更，《良渚》，杭州：浙江教育廳，1938 年。

4. 傅舉有、陳松長，《馬王堆漢墓文物》，長沙：新華書店，1992 年。

5. 湖北省博物館編，《長沙馬王堆二三號漢墓　第一卷　田野考古發掘報告》，北京：文物出版社，2004 年。

6. 雲南省博物館，《雲南晉寧石寨山古墓群發掘報告》，北京：文物出版社，1959 年。

（三）其它類專書

1. 于大成，《理選樓論學稿》，台北：學生書局，1979 年 6 月。

2. 山東省文物考古研究所，《大汶口續集》，北京：科學出版社，1997 版。

3. 中國社會科學院考古所,《蒙城尉遲寺》,北京:科學出版社,2001 年。

4. 中國社會科學院考古研究所編,《殷墟婦好墓》,北京:文物出版社,1980 年。

5. 中國國家博物館,《文物夏商周史》,北京:中華書局,2009 年。

6. 中國國家博物館,《文物春秋戰國史》,北京:中華書局,2009 年。

7. 中國許慎研究學會編:《說文解字研究》第一輯,開封:河南大學出版社,1991 年 8 月。

8. 丹青藝叢委員會編,《中國音樂詞典》,台北:丹青圖書有限公司,民國 75 年。

9. 井上聰,《先秦陰陽五行》,漢口:湖北教育出版社,1997 年 7 月。

10. 王子初,《中國音樂考古學》,福州:福建教育出版社,2003 年。

11. 王平,《說文重文系統研究》,上海:華東師範大學出版社,2008 年 12 月。

12. 王永波、張春玲,《齊魯史前文化與三代禮器》,濟南:齊魯書社,2004 年 10 月。

13. 王永紅、陳成軍:《古器物鑑賞》,台北:文津出版社,2004 年。

14. 王其全,《詩經工藝文化闡釋》,杭州:中國美術學院出版社,2006 年 9 月。

15. 王初慶,《曙青文字論叢》,台北:洪葉文化公司,2009 年。

16. 王國維,《觀堂集林》,北京:中華書局,1961 年。

17. 王國維,《王觀堂先生全集》,台北:文華出版公司,1968 年。

18. 王國維,《古史新證》,北京:清華大學出版社,1994 年 12 月。

19. 王國維,《海寧王靜安先生遺書》,台北:臺灣商務印書館,1976 年 7 月。

20. 王貴元,《漢字與歷史文化》,北京:中國人民大學出版社,2008 年。

21. 王寧,《漢字構形學講座》,台北:三民書局,2013 年 4 月。

22. 王寧,《說文解字與中國古代文化》,瀋陽:遼寧人民出版社,2000 年。

23. 日藏《說文解字》唐寫本殘卷,日本《新修恭仁山莊善本書影》,日本臨川書店,1985 年版。

24. 日本‧瀧川龜太郎,《史記會注考證》,台北:洪氏出版社,1981 年。

25. 史樹青主編,《古玉搜藏三百問》,長春:吉林出版集團有限責任公司,2008 年 3 月。

26. 向光忠,《文字學論叢》第五輯,北京:線裝書局,2010 年。

27. 朱芳圃,《殷周文字釋叢》,北京:中華書局,1962 年 11 月。

28. 朱英貴,《漢字形義與器物文化》,北京:人民出版社,2009 年 9 月。

29. 朱鳳瀚,《古代中國青銅器》,天津:南開大學出版社,1995 年。

30. 江舉謙,《說文解字綜合研究》台中:東海大學,1970 年 1 月。

31. 何寧,《淮南子集釋》,北京:中華書局,1998 年。

32. 余迺永校註,《新校互註宋本廣韻》,台北:里仁書局,2010 年 9 月。

33. 吳福助編:《國學方法論文集》,台北:文史哲出版社,1984 年。

34. 吳十洲,《兩周禮器制度研究》,台北:五南圖書出版公司,2004 年 7 月。

35. 呂華亮，《詩經名物的文物價值研究》，合肥：安徽大學出版社，2010 年。

36. 宋鎮豪，《夏商社會生活史》，北京：中國社會科學出版社，1994 年。

37. 巫鴻著，鄭岩等譯，《禮儀中的美術》，北京：三聯書店，2005 年。

38. 李純一，《中國上古出土樂器綜論》，北京：文物出版社，1996 年 8 月。

39. 李景生，《漢字與上古文化》，北京：中國社會科學出版社，2009 年 11 月。

40. 李儒泉，《詩經名物新解》，長沙：岳麓書社，2000 年。

41. 李學勤，《簡帛佚籍與學術史》，台北：時報文化公司，1994 年。

42. 李鍌、邱燮友、周何、應裕康，《中國文化概論》，台北：三民書局，1983 年 8 月。

43. 周雙利、李元惠，《說文解字概論》，香港：香港新世紀出版社，1992 年。

44. 岳洪彬，《殷墟青銅器禮器研究》，北京：中國社會科學出版社，2006 年 5 月。

45. 林光明、林怡馨，《梵文咒語 ABC》，台北：嘉豐出版社，2009 年 10 月。

46. 金家翔編繪，《中國古代樂器百圖》，合肥：安徽美術出版社，1993 年。

47. 青木正兒著，范建明譯，《中華名物考》，北京：中華書局，2005 年 8 月。

48. 洪燕梅，《說文未收錄之秦文字研究——以睡虎地秦簡爲例》，台北：文津出版社，2006 年。

49. 胡淼，《詩經的科學解讀》，上海：上海人民出版社，2007 年 8 月。

50. 唐蘭，《唐蘭先生金文論集》，北京：紫禁城出版社，1995 年。

51. 姬秀珠，《儀禮飲食禮器研究》，台北：里仁書局，2005 年。

52. 孫慶偉，《周代用玉制度研究》，上海：上海古籍出版社，2008 年 8 月。

53. 孫機，《漢代物質文化資料圖說》（增訂本），上海：上海古籍出版社，2011 年 8 月。

54. 容庚，《頌齋吉金圖錄考釋》，《容庚學術著作全集》，第十二冊，北京：中華書局，2011 年。

55. 容庚、張維持，《殷周青銅器通論》，北京：文物出版社，1984 年。

56. 容庚，《商周彝器通考》，台北：大通書局，1973 年。

57. 秦孝儀，《故宮商代青銅禮器圖錄》，台北：國立故宮博物院，1998 年 10 月。

58. 馬承源，《中國古代青銅器》，上海：人民出版社，1982 年。

59. 馬承源，《中國青銅器》，上海：上海古籍出版社，1988 年 7 月。

60. 馬敍倫，《說文解字六書疏證》，上海：新華書店，1985 年。

61. 馬敍倫，《說文解字研究法》，上海：上海商務印書館，1933 年。

62. 高明，《古文字類編》，台北：大通書局，1986 年。

63. 高鴻縉，《中國字例》，台北：三民書局，1950 年。

64. 商承祚，《說文中之古文考》，上海：上海古籍出版社，1983 年。

65. 張明華，《古代玉器》，北京：文物出版社，2006 年 8 月。

66. 曹建墩，《先秦禮制探頤》，天津：天津人民出版社，2010 年 10 月。

67. 章成崧，《玉器初探》，台北：帕米爾出版社，1994年。

68. 許惟賢整理，《説文解字注》，南京：鳳凰出版社，2007年。

69. 許進雄，《中國古代社會》，台北：商務印書館，民國79年。

70. 許錟輝，《文字學簡編》，台北：萬卷樓出版社，1999年03月。

71. 郭沫若，《甲骨文字研究》，台北：民文出版社，1952年初版。

72. 郭沫若，《兩周金文辭大系・考釋》，北京：科學出版社，1957年。

73. 郭沫若，《金文叢考》，《郭沫若全集》第五卷，北京：科學出版社，2002年。

74. 郭沫若，《殷契粹編》，《郭沫若全集》第三卷，北京：科學出版社，1965年。

75. 郭沫若，《殷墟青銅器銘文研究》，《郭沫若全集》第四卷，北京：科學出版社，2002年。

76. 陳伯陶，《新時代日漢辭典》，台北：大新書局，2006年。

77. 陳志達，《殷墟》，北京：文物出版社，2007年。

78. 陳新雄，《古音研究》，台北：五南圖書出版社，1999年4月。

79. 陳溫菊，《詩經器物考釋》，台北：文津出版社，2001年8月。

80. 陳漢平，《屠龍絕緒》，哈爾濱：黑龍江教育出版社，1989年3月。

81. 陳獨秀，《小學識字教本》，成都：巴蜀書社，1995年5月。

82. 傅暐，《金爵新論》，上海：文博出版社，1992年。

83. 彭林，《文物精品與文化中國十五講》北京：北京大學出版社，2007年8月。

84. 揚之水，《詩經名物新證》，北京：古籍出版社，2000年2月。

85. 曾永義，《儀禮樂器考》，台北：中華書局，1986年。

86. 湖北省博物館編，《隨縣曾侯乙墓》，北京：文物出版社，1980年。

87. 湖南省博物館編，《湖南出土殷商西周青銅器》，長沙：岳麓書社，2007年10月。

88. 程俊英、梁永昌著，《應用訓詁學》，上海：華東師範大學出版社，1986年11月。

89. 黃侃，《黃侃論學雜著》，台北：學藝出版社，1969年月5月。

90. 黃鳳春、黃婧，《楚器名物研究》，武漢：湖北教育出版社，2012年9月。

91. 黃錫全，《汗簡注釋》，武漢：武漢大學出版社，1990年。

92. 黃錦鋐，《新譯莊子讀本》，台北：三民書局，1974年1月。

93. 楊樹達，《積微居金文説》，北京：中國科學院，1952年9月。

94. 裘錫圭，《文字學概要》，北京：商務印書館，1988年。

95. 裘錫圭，《中國出土古文獻十講》，上海：復旦大學出版社，2004年12月。

96. 聞人軍，《考工記譯注》，上海：上海古籍出版社，1993年3月。

97. 蒲慕州，《墓葬與生死——中國古代宗教的省思》，台北：聯經出版事業股份有限公司，1989年。

98. 趙澤遜，《文獻學概要》，北京：中華書局，2008年1月七刷。

99. 趙叢蒼、郭妍利，《兩周考古》，北京：文物出版社，2004年10月。

100. 劉心源，《奇觚室吉金文存》。

101. 劉東升，《中國音樂史圖鑑》，北京：中國藝術研究院音樂研究所出版，新華書店北京發行所發行，2008 年。

102. 劉釗，《古文字構形學》，福州：福建人民出版社，2006 年。

103. 劉道廣、許暘、卿尚東，《圖證考工記：新注‧新譯及其設計學意義》，南京：東南大學，2012 年 3 月。

104. 劉興均，《周禮名物詞研究》，成都：巴蜀出版社，2001 年 5 月。

105. 蔡信發，《說文商兌》，台北：萬卷樓，1999 年。

106. 蔡信發，《六書釋例》，台北：台灣學生書局，2009 年。

107. 鄭吉雄、張寶三編，《東亞傳世漢籍文獻譯解方法初探》，上海：華東師範大學出版社，2008 年 5 月。

108. 魯實先，《叚借溯源》，台北：文文出版社，1978 年。

109. 魯實先，《轉注釋例》，台北：洙泗出版社，1992 年。

110. 魯實先，《文字析義》，台北：魯實先全集編輯委員會，1993 年 6 月。

111. 魯實先，《說文正補》，台北：黎明文化公司，2003 年。

112. 黎千駒，《說文學專題研究》，北京：中國社會科學出版社，2010 年 11 月。

113. 韓偉，《漢字字形文化論稿》，北京：世界圖書出版公司，2010 年 12 月。

114. 魏紅梅、劉家忠，《王筠《說文》著述中的民俗物象解讀》，北京：中國社會科學出版社，2011 年 10 月 1 日。

115. 羅振玉，《貞松堂集古遺文》，《羅雪堂先生全集》，北京：北京圖書出版社，1930 年。

116. 羅振玉，《殷墟書契考釋》，台北：藝文印書館，1969 年 12 月。

117. 譚維四，《曾侯乙墓》，北京：文物出版社，2001 年。

三、學位論文

1. 李建平，《先秦兩漢量詞研究》，西南大學博士論文，2010 年。

2. 徐再仙，《〈說文解字〉食、衣、住、行之研究》，國立政治大學中國文學研究所碩士論文，1992 年。

3. 張傳旭，《楚文字形體演變的現象與規律》，首都師範大學博士論文，2002 年。

4. 賴雁蓉，《〈爾雅〉與〈說文〉名物詞比較研究——以器用類、植物類、動物類為例》，國立中正大學中國文學所碩士論文，2007 年。

四、單篇論文

1. 中國科學院考古研究所二里頭工作隊，〈偃師二里頭新發現的銅器和玉器〉，《考古》第四期，1976 年 4 月。

2. 王振鐸，〈論漢代飲食器中的卮和魁〉，《文物》1964 年第 2 期。

3. 王愼行，〈瓚之形制與稱名考〉，《考古與文物》，1986 年第 2 期。

4. 李少龍，〈青銅爵的功用、造型及其與商文化的關係〉，《南開學報》，1999 年第一期。

5. 李純一，《試釋用、庸、甬並試論鐘名之演變》，《考古》，1964 年 06 期。

6. 汪榮寶，〈釋彝〉，《華國月刊》，一卷七期，1924 年。

7. 車廣錦，〈玉琮與寺墩遺址〉，《東方文明之光》，海南：海南國際新聞出版中心，1996 年。

8. 周到、趙新來，〈河南鶴壁龐村出土的青銅器〉，《文物資料叢刊》第三輯，1980 年。

9. 季旭昇，〈近年來出土戰國文字對說文研究的價值〉，《國科會中文學門小學類 92 ～97 研究成果發表會論文集》，台北：國立台灣師範大學文學院中國文學系，2011 年 4 月。

10. 南京博物院，《江蘇邳縣大墩子遺址第二次發掘》，《考古學集刊》，1981 年。

11. 胡洪琼，〈略論殷商時期的酒器〉，《農業考古》，2012 年 4 期。

12. 浙江省文物考古研究所，《餘杭瑤山良渚文化祭壇發掘簡報》，《文物》，1988 年第一期。

13. 高明，《中原地區東周時代禮器研究》（上、中、下），《考古與文物》，1981 年第 2～4 期。

14. 高美雲，〈格物致知——玉龍的形制演進審美與工藝〉，《美術教育研究》，2012 年 15 期。

15. 屠燕治，《試論良渚玉璧在貨幣文化中的歷史地位》，《良渚文化玉璧研究論文集》，南宋錢幣博物館，1999 年。

16. 張光裕，〈先秦泉幣文字辨疑〉，《中國文字》第三十六冊，台北：國立臺灣大學文學院，1970 年。

17. 張潔，〈匕本義探尋〉，《湖北職業技術學院學報》第十二卷，第 3 期，2009 年 9 月。

18. 張顯成，〈馬王堆漢墓簡帛中說文未收之秦漢字〉，《說文學研究》第二輯，武漢：崇文書局，2006 年。

19. 張顯成，〈張家山漢簡中說文未收之秦漢字〉，《說文學研究》第四輯，北京：線裝書局，2010 年。

20. 張顯成，〈說文收字釋義文獻用例補缺——以簡帛文獻證說文〉，《古漢語研究》，2002 年 03 期。

21. 張顯成，〈銀雀山漢簡中說文未收之秦漢字〉，《說文學研究》第三輯，南昌：江西教育出版社，2008 年。

22. 梁光華，《《唐寫本說文木部》殘卷的考鑒、刊刻、流傳與研究概觀〉，《說文學研究》第五輯，北京：線裝書局，2010 年。

23. 梁彥民，〈論商周禮制文化中的青銅鬲〉，《考古與文物》，2009 年 5 期。

24. 莊雅州，〈論二重證據法在爾雅研究上之運用〉，《國科會中文學門小學類 92～97 研究成果發表會論文集》，台北：國立台灣師範大學文學院中國文學系，2011 年 4 月。

25. 郭沫若，〈長安縣張家坡銅器群銘文匯釋〉，北京，《考古學報》，1962 年 1 期。

26. 陶正明，《〈陳公孫𢼸父〉旅瓶考》，《古文字研究》第九輯，2005 年 6 月。

27. 湖北省博物館，〈1963 年湖北黃陂縣盤龍商代遺址的發掘〉，《文物》，1976 年。

28. 黃鳳春，〈說方豆與宥坐之器〉，《江漢考古研究》2011 年第一期（總 118 期）。

29. 黃競新，〈從甲骨文考察殷代之雨季、農業及疾病醫療問題〉，《文字學論叢》第五輯，北京：線裝書局，2010 年。

30. 楊福泉，〈「庸」字考釋〉，《古漢語研究》，1994 年第 4 期。

31. 葉國良，〈二重證據法的省思〉，《出土文研究方法論文集初稿》，台灣大學出版中心，2005 年。

32. 劉雲輝，〈陝西出土的古代玉器——春秋戰國篇〉，《四川文物》2010 年第 05 期。

33. 劉雲輝，〈陝西出土的古代玉器——夏商周篇〉，《四川文物》2008 年第 05 期。

34. 劉節，〈說彝〉，《圖書季刊新三卷三、四期合刊》，1941 年 12 月。

35. 滕志賢，〈從出土古車馬看考古與訓詁的關係〉，《古漢語研究》，2002 年 03 期。

36. 魏兆惠，〈論漢代的酒器量詞——兼談漢代酒器文化〉，《蘭州學刊》，2011 年 11 月。

37. 魏靈，〈「尋找古鬲國」考古行動研討會綜述〉，《西北大學學報》，2011 年 11 月。

附圖目錄

圖 1　　　本論文研究範圍

圖 2-1.1　殷商時期・湖南出土新寧飛仙橋瓠壺

圖 2-1.2　燕國・朱繪獸耳陶壺

圖 2-1.3　春秋・嵌赤銅狩獵紋壺，河北唐山賈各莊出土

圖 2-1.4　曾侯乙墓聯座壺

圖 2-2.1　商代婦好墓帶蓋方罍

圖 2-2.2　西周後期饕餮紋罍

圖 2-2.3　西周後期御史罍

圖 2-3.1　殷墟早期，龍虎尊

圖 2-3.2　殷墟中期，四羊方尊

圖 2-3.3　肖形尊（左　殷墟中期，婦好鳥尊，上　殷墟晚期，小臣艅犀尊，下　西周恭王盠駒尊）

圖 2-3.1　大亞方彝

圖 2-3.2　夔紋方彝

圖 2-3.3　師遽方彝

圖 2-4　　蔡侯纙尊缶

圖 2-5.1　商代・殷墟婦好墓三足提梁盉

圖 2-5.2　商代・子父乙盉

圖 2-5.3　商代，饕餮紋盉

圖 2-5.4　商代，饕餮紋異形四足盉

圖 2-5.5　西周後期，竊曲紋三足盉

圖 2-6.1　宋人《三禮圖》瓚圖

圖 2-6.2　伯公父瓚

圖 2-7.1　1984 年河南偃師二里頭出土銅爵

圖 2-7.2　角爵

圖 2-7.3　又羖父癸爵

圖 2-8.1　宋人《三禮圖》口圓腹圓底空錐足式斝

圖 2-8.2　宋人《三禮圖》侈口筒形丁字足式斝

圖 2-8.3　宋人《三禮圖》長頸分段空錐足式斝

圖 2-8.4　宋人《三禮圖》高體分段方斝斝

圖 2-8.5　宋人《三禮圖》侈口束頸垂腹式斝

圖 2-9.1　春秋時期・垂葉象鼻紋卮

圖 2-9.2　春秋時期・蟠虺紋卮

圖 2-9.3　長沙馬王堆一號漢墓・雲紋漆卮

圖 2-9.4　長沙馬王堆三號漢墓・錐畫漆卮

圖 2-10.1　殷墟中期・龍紋觥

圖 2-10.2　商代・龍鴞紋觥

圖 2-10.3　商代・殷墟婦好墓出土司母辛銅四足觥

圖 2-10.4　西周前期・守宮作父辛觥

圖 2-10.5　宋代・《三禮圖》觥圖

圖 2-11.1　商代・光觶

圖 2-11.2　商代・鴟鴞紋觶

圖 2-11.3　西周成王・小臣單觶

圖 2-11.4　宋代《三禮圖》

圖 2-12.1　亞妣已觚

圖 2-12.2　父癸觚

圖 2-12.3　殷墟中期，黃觚

圖 2-12.4　宋代《三禮圖》觚圖

圖 2-13.1　吳王光鑑

圖 2-13.2　曾侯乙墓銅冰鑑

圖 2-14.1　殷墟婦好墓好銅大型盂

圖 2-14.2　商代饕餮圓渦紋盆

圖 2-14.3　西周後期伯索史盂

圖 2-15.1　春秋時期·曾大保盆

圖 2-15.2　春秋時期·象首紋盆

圖 2-16.1　婦好墓銅盤

圖 2-16.2　婦好墓銅器盤底

圖 2-16.3　西周宣王

圖 2-16.4　春秋早期魚龍紋盤

圖 2-16.5　戰國早期牛犢立人盤圖 2-16.6　曾侯乙墓出土青銅尊盤

圖 2-17.1　曾侯乙墓盤和匜

圖 2-17.2　曾侯乙墓三足匜

圖 2-18.1　殷墟婦好墓銅方孔斗

圖 2-18.2　陶勺

圖 2-18.3　長沙馬王堆三號墓出土，漆勺

圖 2-19.1　春秋戰國時期，厚氏元豆

圖 2-19.2　春秋戰國時期，鑄客豆

圖 2-20.1　西周早期器，侈口束頸獸首高足式的四足簋

圖 2-20.2　西周早期前段，侈口雙耳式的方座簋

圖 2-20.3　春秋戰國，方體淺斗雙鋬高圈足器

圖 2-20.4　殷墟中期，獸面紋簋

圖 2-20.5　宋代《三禮圖》簋圖

圖 2-21.1　春秋早期·鑄子叔黑臣簠

圖 2-21.2　宋代《三禮圖》簠圖

圖 2-22.1　西周，竊曲紋盨

圖 2-22.2　西周・克盨

圖 2-23.1　戰國時期・寧皿

圖 2-24.1　商・獸面紋鼎

圖 2-24.2　商文丁時代・司母戊方鼎

圖 2-25.1　饕餮紋鬲

圖 2-25.2　楚鬲

圖 2-26.1　婦好三聯甗

圖 2-26.2　婦好連體甗

圖 2-26.3　父乙甗

圖 2-26.4　安徽壽縣朱家集李三孤戰國楚王墓出土成組的大甗

圖 2-27.1　戰國・龍紋甑

圖 2-27.2　戰國・素甑

圖 2-28.1　饕餮紋俎，西北岡墓

圖 2-28.2　十字紋俎

圖 2-29.1　東周・石匕，山彪鎮墓 001

圖 2-29.2　東周・匕。山彪鎮墓 001

圖 2-29.3　東周・匕。山彪鎮墓 001

圖 2-29.4　蟬紋匕

圖 2-29.5　獸紋匕

圖 2-29.6　象鼻紋匕

圖 2-29.7　商後期，鑲嵌松綠石獸面紋匕

圖 3-1.1　戰國時期秦・蟠虺紋玉璧

圖 3-2.1　新石器時代・浙江餘杭反山遺址出土玉琮

圖 3-2.2　新石器時代・山西襄汾陶寺遺址出土玉琮

圖 3-2.3　商代・西安老牛坡遺址，圓形玉琮

圖 3-2.4　秦式龍紋殘玉琮

圖 3-3.1　戰國・玉圭

圖 3-4.1　春秋晚期・山西省侯馬市秦春盟誓遺址玉璋

圖 3-4.2　三星堆博物館藏玉璋

圖 3-5.1　西周早期・玉伏虎

圖 3-5.2　中山王墓出土的玉虎和玉珩

圖 3-6.1　殷墟婦好墓璜

圖 3-6.2　殷墟婦好墓璜

圖 3-6.3　殷墟婦好墓璜

圖 3-7.1　春秋晚期・玉環

圖 3-7.2　戰國時期秦國・金獸面銜玉環

圖 3-8.1　春秋早期・玉玦

圖 3-8.2　春秋早期・玉玦

圖 3-9.1　春秋晚期・玉瓏

圖 3-9.2　後世所繪漢代之瓏

圖 3-10.1　上海青浦崧遺址出土新石器時代玉琀

圖 3-10.2　戰國早期・玉琀

圖 4-1.1　陝西長安縣斗門鎮龍山文化陶鐘

圖 4-1.2　曾侯乙墓出土的編鐘

圖 4-1.3　曾侯乙墓出土的編鐘的個體

圖 4-1.4　鐘示意圖

圖 4-2.1　陽新劉榮山出土鎛

圖 4-2.2　陽新劉榮山出土鎛拓片

圖 4-3.1　曾侯乙墓鎛，中國國家博物館藏

圖 4-3.2　東漢沂南畫像石

圖 4-4.1　安陽商鉦

圖 4-4.2　周代冉鉦

圖 4-4.3　湖北荊門包山 2 號墓鉦

圖 4-4.4　湖北秭歸天燈堡出土之鉦

圖 4-5.1　陝西長安縣斗門鎮龍山文化遺址出土陶鐘（鐃）

圖 4-5.2　象絞大鐃，北京故宮博物院藏

圖 4-5.3　山東沂南畫像石中的鐃（最左）

圖 4-5.4　南陽畫像石中的鐃

圖 4-6.1　　石寨山 M12:26 貯貝器上演奏銅鼓、錞于雕像

圖 4-6.2　　《樂書》卷一一一

圖 4-7.1　　北辛、大汶口文化樂器

圖 4-7.2　　湖北天門石家河陶鈴

圖 4-7.3　　上海博物館藏獸面紋鈴

圖 4-7.4　　王成周鈴

圖 4-8.1　　漾子白受之鐸

圖 4-8.2　　故宮博物院藏，□外卒鐸

圖 4-8.3　　湖北江陵雨台山 448 號墓鐸

圖 4-8.4　　漢代畫像中的振鐸圖像

圖 4-9.1　　甘肅永登樂山坪彩出土的陶鼓

圖 4-9.2　　雲南晉寧出土的銅鼓，鼓上鑄六隻虎形

圖 4-9.3　　戰國時期雙鳳雙虎造型的扁鼓

圖 4-10.1　漢代之擊鼓說唱陶俑

圖 4-11.1　《三禮圖》中的「鼖鼓」

圖 4-11.2　漢河南方城東關畫象石，邊吹排簫邊搖鞀鼓的形象

圖 4-12.1　曾侯乙墓圖版二六　獸形磬虡

圖 4-12.2　曾侯乙墓圖版一一　鐘虡銅人

圖 4-13.1　宋代《三禮圖》繪柷圖

圖 4-14.1　宋《新定三禮圖》敔圖

圖 4-14.2　清代樂器-敔

圖 4-14.3　故宮清代歷史畫《萬樹園賜宴圖》中敔的形象

圖 4-15.1　陝西周原召陳乙區遺址編磬之一

圖 4-16.1　湖南長沙馬王堆三號漢墓出土筑

圖 4-16.2　廣西貴縣羅泊灣出土實心殘越筑

圖 4-16.3　長沙市河西望城坡古坟垸五弦筑

圖 4-16.4　連雲市侍其繇墓漆食奩彩漆擊筑圖

圖 4-16.5　馬王堆一號墓彩繪棺神人擊筑圖

圖 4-16.6　河南新野畫像磚擊筑圖

圖 4-17.1　湖北隨州戰國曾侯乙墓，十弦琴

圖 4-17.2　1993 年，湖北荊門郭店村戰國墓，七弦琴

圖 4-18.1　春秋晚期至戰國早期・江西貴溪崖 2 號墓出土古箏

圖 4-18.2　春秋晚期至戰國早期・江西貴溪崖 3 號墓出土古箏

圖 4-18.3　戰國・江蘇吳縣長橋古箏

圖 4-18.4　東漢・成都天迴山崖墓出土陶箏

圖 4-18.5　東漢・成都東漢墓畫像磚

圖 4-19.1　1958 年河南信陽長檯關二號墓出土大瑟，二十五弦

圖 4-19.2　1978 年湖北隨州戰國曾侯乙墓出土彩繪鬃漆木瑟

圖 4-19.3　宋代《三禮圖》瑟圖

圖 4-20.1　漢代畫像石吹籥圖

圖 4-21.1　上海博物館所出新莽無射律管

圖 4-21.2　馬王堆一號墓中所出明器竽律

圖 4-22.1　1997 年出土的河南鹿邑縣長子口墓排簫

圖 4-22.2　隨縣曾侯乙墓出土的排簫

圖 4-22.3　漢代畫像磚排簫圖

圖 4-23.1　1986 年發現的河南舞陽賈湖遺址史前骨笛

圖 4-23.2　漢代豎笛為直吹之畫像

圖 4-23.3　漢代笛為直吹之畫像

圖 4-23.4　馬王堆三號墓笛（東 57-9、10）

圖 4-24.1　曾侯乙墓篪

圖 4-24.2　漢代畫像石上的篪

圖 4-25.1　武氏祠畫像石

圖 4-26.1　遠古陶塤

圖 4-26.2　漢代吹塤畫像石

圖 4-27.1　曾侯乙墓笙

圖 4-27.2　湖北江陵天星觀一號墓笙

圖 4-28.1　山東出土之東漢畫像石

圖 4-28.2　馬王堆 M1 明器竽